AF220561

K. J. Black

Die Verwandlung

Kurzthriller

© 2020 K. J. Black

ISBN: 9783752612660

Herstellung und Verlag:
BoD – Books on Demand, Norderstedt

für Caroline

Einleitung

Samstag, 21.12.2019

Ein kalter Windhauch fegte durch ihr Schlafzimmer und wehte ihr um die Nase. Etwas benommen öffnete sie die Augen. Wo war sie? Ein paar Mal Blinzeln war nötig, bis sie erkannte, dass sie in ihrem Schlafzimmer in ihrem eigenen Bett lag. Noch immer etwas verwirrt stand sie auf, streckte sich ausgiebig und zog ihren geliebten Morgenmantel aus Satin an. Diesen hatte sie am Vorabend über den Stuhl vor ihrem Sekretär gehängt. Barfuss ging sie zum Fenster, um es zu schliessen. Dort blieb sie kurz stehen und beobachtete den Schneesturm, der draussen tobte. Die Nächte waren eisig kalt geworden, doch mit geschlossenem Fenster kriegte sie kein Auge zu. Und wenn doch, dann schlief sie immer sehr unruhig.

Sie lief in die Küche und ging direkt auf ihre programmierbare Kaffeemaschine zu. Diese hatte bereits ihr Werk getan und wohlriechender Kaffeeduft stieg ihr in die Nase. Tief sog sie die wohlaromatisierte Luft in ihre Lunge ein und holte dann ihre extra grosse Porzellantasse aus dem Wandhängeschrank. Die Kaffeetasse hatte sie ein Jahr zuvor von ihrer Freundin Danielle zum Geburtstag erhalten. Darauf stand 'Queen of Coffee'. Mit der Tasse bis oben an den Rand hin gefüllt mit schwarzem Gold, wie sie ihren Kaffee gerne nannte, lief sie ins Badezimmer und liess heisses Wasser in die Wanne ein. Das Sprudelbad hatte sie vor etwas mehr als einem Jahr einbauen lassen und freute sich, dass ihr Vermieter keine Schwierigkeiten machte. Im Gegenteil, er sah dies als Aufwertung der Wohnung und beteiligte sich auch an den Kosten. Im Winter gönnte sie sich mindestens einmal in der Woche ein ausgiebiges Bad.

Obwohl ein Samstagmorgen bei ihr immer genau so begann, war diesmal alles anders. Ihr Nacken war verspannt und es kam ihr vor, als befände sie sich in einem lebenden Traum. Ihr fehlte teilweise die Erinnerung an den Tag zuvor. Doch durch die Wärme des Wassers entspannten sich ihre Glieder langsam. Die Sprudeldüsen halfen dabei tatkräftig mit. Durch den Kaffee begann sich das Chaos in ihrem Kopf wieder langsam zu ordnen und die Erinnerung kehrte langsam zurück. Es war wie ein Puzzle, dass man langsam zusammen setzt. Erst den Rahmen und dann ein Teil nach dem anderen.

Kaum war die Tasse leer getrunken, stieg sie aus der Wanne. Sie schnappte sich ihr grosses Badetuch und wickelte sich damit ein. Wie in Trance rieb sie sich mit einem kleineren Handtuch die Haare so lange, bis diese nicht mehr triefend nass waren. Danach kämmte sie sich mechanisch die Knoten heraus und liess sie offen über ihre Schultern fallen, um sie an der Luft fertig trocknen zu lassen.

Langsam betrat sie ihren Ankleideraum, legte ihr Badetuch auf die Holzbank und blieb vor ihrem mannshohen Spiegel stehen. Sie betrachtete ihr Spiegelbild und stellte fest, dass sie aussah wie immer. Dunkelbraune lange Haare, zwei bis drei Pfund zu viel auf den Rippen, wunderschöne, markante Gesichtszüge. Doch da war noch etwas. Ihre grünen Augen, die blickten nicht wie sonst. Was war es, was sie auszudrücken versuchten? Trauer? Wut? Enttäuschung?

Sie dachte zurück an den Montag vor beinahe zwei Wochen, als ihre kleine Schwester Laura nach Hause fuhr. Die Weihnachtsferien verbrachte sie immer bei ihren Eltern. Plötzlich füllten sich ihre Augen mit Tränen und sie starrte sich entsetzt an. Das letzte Puzzleteil hatte seinen Platz in ihrem Gehirn wieder gefunden.

Ferien

Laura hatte bereits drei Jahre ihres Studiums erfolgreich abgeschlossen und befand sich nun im ersten Semester des Aufbaustudiums. Bei fast allem sah sie in ihrer grossen Schwester ein Vorbild und eiferte ihr darin nach, so jedoch nicht bei der Wahl ihres Berufes. Hailey war mit Leib und Seele Medizinerin, Laura konnte nicht einmal einen Blick darauf werfen, wenn jemand blutete. Sie mochte den Geruch in Krankenhäusern nicht und ging angeschlagenen Menschen, selbst wenn sie nur eine leichte Erkältung hatten, aus dem Weg. Ihr Ziel war es, Karriere bei der Staatsanwaltschaft zu machen und studierte daher Jura. Haileys engste Freundin Danielle war Staatsanwältin. Laura nahm sich Danielle zum Vorbild, was ihren beruflichen Werdegang betraf.

Während der ersten drei Jahre an der Uni bewohnte Laura zusammen mit Amelie eine Wohnung. Diese bestand aus zwei Schlafzimmern, einer Wohnküche und einem Badezimmer. Amelie war eine kühle und distanzierte Person. Sie liess niemanden an sich heran. Zudem war sie psychisch labil und ihre Hochs und Tiefs waren nicht nur für sie selbst, sondern auch für ihr Umfeld sehr schwer zu ertragen. Amelie tat ihrer Mitbewohnerin einerseits leid, sie wäre gerne für sie da gewesen. Doch deren Launen machten es Laura nicht ganz einfach, Ruhe zu bewahren. Ständig musste sie befürchten, dass ihre Mitbewohnerin an die Decke ging: „Ich kann nicht lernen, wenn du einen solchen Lärm machst! Wenn du um 6 Uhr den Wecker stellst, dann höre ich ihn auch und kann nicht wieder einschlafen!" Viele ähnliche Vorwürfe bekam sie zu hören. Dabei gab sie sich solche Mühe, Amelie nicht zu stören und zu verärgern. Andersherum kam es vor, dass sie wochenlang kein Wort mehr mit ihr redete. Wegen ihrer Depressionen musste Amelie schliesslich die Uni verlassen. Laura war erleichtert, dennoch hatte sie gemischte Gefühle. Sie konnte sich ihre neue Mitbewohnerin nicht selber aussuchen und befürchtete, es könne wieder nicht richtig funktionieren zwischen ihr und der neuen Wohnungsgenossin. Als ihr die Verwaltung jedoch Chrissy Bell vorstellte, waren alle ihre Bedenken beiseite gewischt. Chrissy bewohnte bis dahin ein Einzelzimmer, eine Art Studio. Sie wollte jedoch nicht länger alleine sein und bat daher die Verwaltung in eine Wohngemeinschaft umziehen zu dürfen. Die Verantwortliche der Mietwohnungen versprach ihr, sich zu melden, sobald sich etwas ergeben würde. Wie es der Zufall wollte, kam die Anfrage von Chrissy mit dem Abgang von Amelie zusammen. Somit bekam sie Amelies Zimmer in der kleinen Wohnung, in welcher Laura wohnte.

Chrissy stellte sich als echten Glücksgriff heraus. Selbst neben ihrem Studium hatten sie und Laura einige Gemeinsamkeiten. Beide liefen sehr gerne und wollten im Frühjahr einen Halbmarathon bestreiten. In den ersten drei Studienjahren trainierte Laura immer alleine. In Chrissy jedoch hatte sie eine ebenbürtige Läuferin gefunden. Die beiden stachelten sich prima an, jede wollte noch schneller werden. Dazu kam, dass sie beide am 20.12.1996 geboren wurden. Zu guter Letzt teilten die beiden ihre Liebe zu

Pferden. Chrissy durfte mit dem Reiten beginnen, als sie zehn Jahre alt wurde. Sie nahm in einem gehobenen Reitstall Dressurreitunterricht. Ihre Eltern waren wohlhabend und dachten, dies sei das optimale für ihre Tochter. Doch Chrissy reichte es nicht, ein fertig gesatteltes und aufgezäumtes Pferd zu erhalten für die Stunde und nach der Reitstunde wurde es wieder weggebracht von den Pferde-pflegern. Sie wollte das auch lernen. Sie wollte ein Pferd selber putzen, satteln und aufzäumen. Ebenso wollte sie es nach dem Reiten auch wieder eigenständig versorgen. Schliesslich fanden ihre Eltern einen zweiten Reitstall, der dies genau so anbot und nach einigen Reitstunden auf dem Sandplatz und dem okay des Reitlehrers durften die Schüler in geführten Gruppen ausreiten. Laura hingegen wuchs mit Pferden auf. Ihre Schwester ritt viel und seit ein paar Jahren besass diese auch einen eigenen Wallach. Sie lernte den Umgang mit Pferden, nahm Reitstunden in Dressur und Springen und unternahm Ausritte. In der Nähe der Uni war ein Reitstall, dort konnten die beiden jungen Frauen Stunden buchen oder manchmal auch ausreiten.

Laufen gingen sie drei bis vier Mal pro Woche, jeweils früh am Morgen. So auch an diesem Montag. Es war der 09.12.2019 und sie beide würden heute noch nach Hause zu ihren Eltern fahren. Da Laura ohne Kaffee zu nichts zu gebrauchen war, stand sie immer zehn Minuten vor Chrissy auf, um erst eine Tasse heissen Kaffee hinunter zu stürzen. Das hatte sie sich bei Hailey abgeschaut und für gut befunden.

Um sechs Uhr gab Lauras Wecker einen leisen Piepton von sich. Dieses Piepen wurde stetig lauter, bis es in nervtötendes Schrillen über ging, schaltete sie den Wecker nicht vorher aus. Um zehn nach sechs ertönte lautstark der Song 'Blood Eagle' von 'Amon Amarth' aus Chrissys Zimmer. Ab und zu wechselte sie das Lied, aber niemals die Band.

Als Chrissy im Jogginganzug in die Küche kam, hatte Laura bereits ihren Kaffee ausgetrunken und zog sich fertig an. „Zum Glück stehe ich vor dir auf, ansonsten würde ich jeden Morgen erst im Bett stehen und dann ab einem Herz-kasper sterben wegen deiner Weck-Musik. Grauenvoll!" „Ach komm schon Laura, ich lehre dich schon noch, Metal zu mögen", gab Chrissy zurück und grinste. „Laufen wir zur 'Firehouse Bakery' und holen uns dort unser Frühstück?" „Das brauchst du mir nicht zweimal sagen", strahlte Laura und schlüpfte aus der Wohnung. Die 'Firehouse Bakery' war die Lieblingsbäckerei von den beiden. Dort gab es die besten „Brunch to go-Boxen". Gefüllt mit einer Flasche frischgepresstem Saft nach Wahl, Croissants, Brötchen, drei verschiedenen Stücken Käse, dünn geschnittenem Roastbeef, Butter oder Margarine und Konfitüre.

„Gehst du eigentlich fort, oder bist du während der ganzen Ferien bei deinen Eltern zu Hause?", fragte Chrissy Laura, während beide ihre Koffer packten, nachdem sie geduscht und gefrühstückt hatten. „Ich verbringe die ganzen Ferien bei meinen Eltern. Allerdings treffe ich mich mit ein paar alten Freunden und natürlich werde ich einige Zeit mit Hailey verbringen. Oh Chris, du musst uns unbedingt besuchen kommen und sie kennenlernen. Sie ist einfach die beste grosse Schwester, die man sich vorstellen kann!" Chrissy lachte. Sie selbst hatte nur zwei jüngere Geschwister, eine Schwester und einen Bruder. Wenn Laura jeweils von Hailey erzählte, konnte man wirklich meinen, es sei etwas ganz Besonderes und

Seltenes, eine grosse Schwester zu haben. Aber für ihre Freundin war es das auch. „Ich komme gerne vorbei, wenn deine Eltern kein Problem damit haben. Ich muss mich allerdings erst zu Hause erkundigen, was bei uns so geplant ist." „Wir können ja telefonieren", rief Laura ihr aus dem Badezimmer zu, während sie im Spiegelschrank nach ihrem Asthmaspray suchte.

„Fertig getrödelt Laura, hast du deinen Kram beisammen? Wir sollten langsam mal los, wenn wir nicht zum Bahnhof rennen wollen." Laura war nicht sehr ordentlich und ständig verlegte sie etwas, seien es Bücher, ihre Schlüssel, ihr Handy oder ihre Lieblingskleidungsstücke. „Bin fertig", gab sie mit einem breiten Grinsen zurück und rollte ihren Koffer über die Türschwelle. Chrissy folgte ihr, blickte über die Schulter und sagte: „Tschüss Lieblingswohnung bis zum nächsten Jahr." Dann schloss sie die Türe ab und verstaute den Schlüssel in ihrer Hosentasche.

Die beiden Freundinnen gingen zusammen durch den Park der Universität, die Ashbrook Street hinunter bis hin zum Bahnhof. Chrissys Zug fuhr zwanzig Minuten vor dem Lauras und so begleitete diese ihre Mitbewohnerin bis auf den Bahnsteig. Die Wagen standen schon im Bahnhof, die Lokomotive wurde angekuppelt und die ganze Komposition würde bald abfahren. Laura durchsuchte ihre Umhängetasche und fand schliesslich, wonach sie suchte. Ein kleines Päckchen in Zeitungspapier eingepackt, drum herum ein Schweifhaar gebunden und zu einer Schleife verknotet. „Sorry, ich hatte kein Geschenkpapier", murmelte sie, während sie Chrissy das Päckchen übergab. „Erst am Geburtstag aufmachen, ja?" „Du sollst mir doch nichts zum Geburtstag schenken Laura, ich habe gar nichts für dich. Jetzt habe ich ein schlechtes Gewissen." „Ich habe gar nichts gekauft, ehrlich. Und zudem brauchst du kein schlechtes Gewissen haben. Ich hoffe nur, dass es dir gefällt." Lächelnd sah sie Chrissy an. Diese wiederum löste kurzerhand ihre Lieblingskette, welche sie um den Hals trug und band sie Laura um, ehe diese überhaupt reagieren konnte. „Die kannst du mir nicht schenken Chris." „Hab ich aber gerade getan", lachte diese und umarmte ihre Freundin zum Abschied. Dann stieg Chrissy in den Zug ein, suchte sich ein leeres Abteil und machte es sich dort gemütlich. Gerade setzte er sich in

Bewegung, als sie das Fenster auf die halbe Höhe herunter zog. „Vergiss ja nicht, uns zu besuchen", mahnt Laura sie vom Bahnsteig aus. „Mach ich sehr gerne", rief Chrissy bereits aus einiger Entfernung und winkte ihr wie wild zu.

Lisa war seit über zehn Jahren für die Arlingtons tätig und putzte das gesamte Haus zwei Mal pro Woche. Jeweils am Montagmorgen und am Donnerstagmorgen. Sie mochte Rita und Henry, war allerdings der Meinung, dass sie viel zu viel Aufsehen machten um ihre jüngere Tochter Laura. „Ein Wunder, dass Laura sich nicht für etwas Besseres hält und sehr anständig ist zu allem und jedem. Ihr ist egal, ob jemand aus sogenanntem gutem Hause stammt, ob jemand einen guten Job hat oder arbeitslos ist. Es spielt ihr keine Rolle, ob jemand viel Geld oder kein Geld hat, ob jemand dick oder dünn oder ob jemand hübsch oder hässlich ist. Sie behandelt jedes Lebewesen mit derselben Fairness. Ein Glück, dass ihre ältere Schwester Hailey ebenfalls diese Einstellung pflegt. Die Kleine hat dies bei ihr abgucken können." Dies pflegte sie ihrem Mann Andrew zu erzählen, wenn er von seiner Arbeit nach Hause kam.

Allerdings nur, wenn Rita oder Henry es Lisas Meinung nach wieder einmal besonders übertrieben hatten. Andrew hörte ihr jedes Mal zu, doch sie wollte ihn nicht immer wieder mit denselben Erzählungen auf die Nerven gehen, obwohl er sich niemals etwas anmerken lassen würde. „Du weisst, dass du diesen Job nicht brauchst", antwortete ihr Andrew. „Ach Andrew, und du weisst, dass ich gerne sauber mache. Aber ich kann schliesslich keine sieben Tage lang unser Haus putzen. Und ausserdem arbeite ich gerne für die beiden, es sind gute Arbeitgeber." Er sah sie an und lächelte. Für seine Frau war Putzen ein Hobby.

Rita und ihr Mann Henry konnten bereits in jungen Jahren ein richtig grosses Haus mit ordentlichem Umschwung kaufen. Ritas Eltern waren bei einem Unfall ums Leben gekommen und sie bekam viel Geld aus beiden Lebensversicherungen, welche die zwei abgeschlossen hatten. Zudem wurde das Haus, indem sie ihre ersten vierzehn Lebensjahre verbracht hatte, verkauft. Dies brachte auch noch einmal eine schöne Stange Geld ein.

Ihre jüngere Tochter Laura hatte Weihnachtsferien und Rita wollte wie immer, dass alles perfekt vorbereitet war. Sie stellte sich in die Küche und machte sich hinter den Blaubeerkuchen, den Laura so liebte. Während dieser im Backofen war, deckte sie mit Henry zusammen den Tisch. Das Feiertagsservice wurde aus der Vitrine geholt und das Silberbesteck noch einmal poliert. Henry stellte eine Flasche Schaumwein kalt. „Ekelhaft süsses Gesöff", murmelte er vor sich hin. „Ach komm schon, Henry, du weisst doch, dass unsere Tochter keinen Champagner mag. Das kommt schon noch." „Hoffentlich", gab er knapp zurück, doch er konnte sich nie lange darüber aufregen. Er würde alles für seine Tochter tun. Sogar Schaumwein trinken.

Rita wählte auf ihrem Handy einen Kontakt, tippte auf den Telefonhörer und schaltete den Lautsprecher an. Am andren Ende meldete sich jemand mit: „Ja, bitte?" Die Stimme hörte sich etwas gestresst an. „Hallo, hier ist Rita. Henry und ich wollten nur noch einmal nachfragen, ob morgen auch alles klappt?" „Rita, Henry. Keine Sorge, es wird alles vorbereitet. Entschuldigt mich bitte, ich habe einen dringenden Termin. Schönen Tag noch." Schon hatte der Mann am anderen Ende aufgelegt, verdrehte die Augen und dachte bei sich: Wollen die mich alle paar Stunden anrufen?

Es war noch früh am Nachmittag, als Rita den Kuchen aus dem Ofen nahm und auf ein Gitter zum Auskühlen stellte, welches auf der Plücheninsel stand. „Henry, wir hätten noch genügend Zeit, um auch an den Bahnhof zu gehen." „Das weiss ich mein Schatz, aber Laura wollte das nicht. Hailey wird sie abholen und hierher bringen." Rita seufzte.

Haileys Handy klingelte. Sie wunderte sich, als sie die Nummer aus der Klinik sah, nahm jedoch nach dem zweiten Klingeln ab. „Dr. Arlington. Es tut mir furchtbar leid, dass ich sie anrufe. Ich weiss, dass sie keinen Pikettdienst haben. Allerdings sind die, die Pikett haben, alle bereits im Einsatz, zudem haben wir zu viele Fachkräfte im OP und gerade einen Notfall hereinbekommen. Ein fünfjähriger Junge mit schweren...", Hailey liess die Telefonistin gar nicht ausreden, sondern sagte nur: „Ich bin schon auf dem Weg." Während der Autofahrt rief sie ihren Partner Ethan an. „Liebling, ich wurde zu einem Notfall gerufen. Die haben keine freien Ärzte und ein kleiner Junge wurde eingeliefert. Kannst du Laura alleine abholen?" Ethan hatte Verständnis für die Lage. Ausserdem konnte er Haileys jüngere Schwester und ihre Eltern gut leiden und übernahm er dies somit sehr gerne.

Zu Hause
Montag, 09.12.2019

Laura hatte mit Hailey ausgemacht, dass sie von ihr und Ethan abgeholt und zu ihren Eltern gebracht würde. Ethan war Haileys Freund, den sie vor über etwas mehr als zwei Jahren bei einer Pressekonferenz kennengelernt hatte. Er war freischaffender Journalist und berichtete damals über eine neue Technik, mit welcher sich ihr damaliges Krankenhaus etabliert hatte. Mit ihrem Vater Henry Arlington hatte er ebenfalls schon zusammen gearbeitet. Es ging dort um eine Präsentation über elektronische Steuerungen für Flugzeuge. Ethan hatte sich unter den Journalisten einen guten Namen gemacht. Er war bekannt für seine intensiven und genauen Recherchen. Seine Berichte und Präsentationen entsprachen immer der Wahrheit. Er hielt weder etwas vom Schönreden noch von aufgeputschten Sensationsgeschichten. Obwohl die Allgemeinheit solche Berichte verschlang, so genossen sie im Gegenzug auch einmal gut recherchierte Artikel.

Ethan war etwas spät dran, als er zum Bahnhof fuhr. Er war gespannt auf Haileys

Schwester, denn diese wurde von Mal zu Mal schöner und erwachsener. Als er seinen Wagen geparkt hatte, zeigte die Ankunftstafel an, dass der Zug von Laura bereits eingefahren war.

Nachdem Laura dem Zug von Chrissy noch eine Weile hinterhergeschaut hatte, drehte sie sich um und ging zu ihrem Zug, welcher bereits auf dem Gleis stand. In einem freien Abteil wuchtete sie ihren Koffer auf die obere Ablage und ihre Umhängetasche hängte sie an den Haken. Sie kramte in der Tasche nach ihrem Buch und der Wasserflasche, welche sie für die Heimreise bereitgestellt hatte. Diese jedoch war immer noch genau dort, wo sie diese aufgefüllt hatte. In der Küche, in ihrer Wohnung. „Schussel!", schimpfte sie und begann gleich darauf laut über sich selber zu lachen. Sie sah auf ihre Armbanduhr. Ihr Zug ging erst in fünfzehn Minuten, sie hatte also noch genügend Zeit, eine neue Wasserflasche zu kaufen. Gleich am Ende des Bahnsteigs war ein kleiner Kiosk, der Getränke und kleine Snacks anbot.

Vier Stunden später, es war bereits mitten im Nachmittag, traf Lauras Zug am heimischen Bahnhof ein. Beim Einfahren des Zuges hielt sie nach Hailey Ausschau, die bestimmt schon auf dem Bahnsteig warten würde. Ihre Schwester war nie zu spät. Sie war lieber eine halbe Stunde zu früh, als dass sie die andere Person warten liess. Dies brachte die Menschen, die mit ihr mitfuhren, manchmal auf die Palme.

Da nicht viele Leute unterwegs waren, musste Laura ihre Schwester einfach sehen. Doch Hailey war nicht zu entdecken. Schliesslich kam der Zug zum Stehen. Sie stand auf, zog ihren Koffer von der Gepäckablage herunter und stieg aus. Sie sah sich um, konnte Hailey jedoch immer noch nicht finden. Also lief sie den ganzen Bahnsteig entlang bis zur hinteren Unterführung. Keine Schwester. „Komisch, normalerweise ist sie doch überpünktlich", sagte Laura laut vor sich hin, während sie sich wieder umdrehte und zurück zur Hauptunterführung ging. Von dort aus gelangte sie schliesslich zum Parkplatz, wo auch die Taxis hielten. Während sie die Treppe hinunter stieg und versuchte, den Koffer nicht einfach mit hinunter zu schleifen, sondern zu tragen, hörte sie eine Stimme hinter sich: „Hallo schöne Frau, darf ich behilflich sein?" Bevor sie wusste, wie ihr geschah, nahm Ethan ihr den Koffer aus der Hand. Unten an der Treppe angekommen, stellte er das Gepäckstück ab, umarmte Laura und sagte: „Lass dich ansehen, gut siehst du aus. Es ist so schön, dich wieder zu sehen." Laura bemerkte den bewundernden, beinahe ehrfurchtsvollen Ton in seiner Stimme. Der Gedanke, dass er ihr hier den Hof machen wollte, drängte sie unwirsch zurück. „Du spinnst ja Laura", dachte sie bei sich. Trotzdem wich sie einen Schritt vor ihm zurück. „Hallo Ethan. Hailey wollte mich doch mit dir zusammen abholen, wo ist sie?" „Also als Erstes, bitte entschuldige, dass ich nicht auf dem Bahnsteig war. Ich war leider etwas spät dran. Und deine Schwester wollte kommen, doch sie wurde ins Spital gerufen. Es gab einen Notfall und sie hatten bereits zu viele Ärzte im OP", antwortete ihr Ethan. „Sie hat mich gebeten, ich möge alleine zum Bahnhof fahren, um dich abzuholen." „Hmm okay", kam es etwas enttäuscht von Laura, die sich wahnsinnig auf ihre grosse Schwester gefreut hatte. „Sei nicht enttäuscht, sie wird sich sicherlich heute noch bei dir melden."

Die Autofahrt vom Bahnhof bis zu ihrem Elternhaus dauerte nur zwanzig Minuten. Doch Laura, die schlecht geschlafen und im Zug kein Auge hatte zumachen können, übermannte nun der Schlaf. Beim Halten des Wagens war sie jedoch sofort wieder hellwach. Sie wollte nicht, dass Ethan mit hinein kam. Sie stieg rasch aus, öffnete den Kofferraum, nahm ihren Koffer und ihre Umhängetasche heraus und lief schnell zum Hauseingang. „Danke fürs Abholen und heimbringen, bis bald", rief sie ihm zu. Es war nicht ihre Art, so unfreundlich zu reagieren, doch ihr Bauchgefühl riet ihr, sie möge ihm lieber etwas aus dem Weg gehen. Ihm blieb nichts anderes übrig, als wieder in den Wagen zu steigen. „Wahrscheinlich möchte sie ihre Eltern jetzt ganz für sich", dachte sich Ethan, während er sein Auto zur Ausfahrt hinaus steuerte. Er konnte dies zwar nachvollziehen, dennoch musste er sich selber eingestehen, dass er enttäuscht war. Gerne wäre er noch etwas länger in ihrer Nähe gewesen. Auf der Fahrt zu seiner Wohnung geriet er ins Träumen. „Hailey ist sehr hübsch, doch Laura ist ein Traum. Wie ihr ihre blonden langen Haare über die Schulterblätter fallen und mittanzen, wenn sie geht. Ihr athletischer Körper...." Die Autofahrt dauerte nur kurz. Er wollte sich seinen Laptop und einige Unterlagen von zu Hause holen und dann zu Hailey fahren. Er wusste nicht, wie lange ihr Einsatz dauern würde und so konnte er wenigstens noch etwas arbeiten. Doch kaum hatte er seine Sachen ins Auto gepackt, rief Hailey an. Sie teilte ihm mit, dass sie bald nach Hause fahren würde. Der Junge, wegen dem sie gerufen wurde, sei operiert und stabil. Weder Hailey noch Ethan mochten sich noch in die Küche stellen an diesem Abend und somit versprach er ihr unterwegs im 'Castle of Fish' Sushis zu besorgen.

Als Laura die Haustüre aufschloss, stieg ihr der Duft eines Blaubeerkuchens entgegen. Koffer, Umhängetasche, Schuhe und Jacke liess sie im Flur auf den Boden fallen, rannte ins Wohnzimmer zu ihren Eltern und schloss beide in die Arme. „Hallo, ach ist das schön, euch wieder zu sehen." „Grüss dich meine Kleine, lass dich anschauen. Wie gehts dir und wie war die Fahrt?" Ihre Eltern waren wie üblich sehr besorgt um sie. „Prima, ich hatte im Zug ein ganzes Abteil für mich, es waren sehr wenige Leute unterwegs. Seht ihr, ich habe doch gesagt, es war eine gute Entscheidung, erst heute und nicht bereits am Samstag zu fahren. Und gehen tut es mir wunderbar, danke. Schliesslich habe ich jetzt frei und ich komme so gut mit im

Studium, da brauche ich auch nicht viel zu lernen und kann meine Ferien in allen Zügen geniessen." Ihre Eltern strahlten sie an. Sie waren ebenso stolz wie besorgt, was war sie doch für eine unheimlich schöne, beliebte, gescheite und fleissige Tochter.

„Wo hast du denn eigentlich deine Schwester gelassen?", fragte ihr Vater, als ob er sich plötzlich daran erinnert hätte, dass er noch eine andere Tochter hatte und diese Laura vom Bahnhof abholen und zu ihnen bringen wollte. „Hailey wurde zu einem Notfalleinsatz gerufen und musste ins Krankenhaus. Anscheinend waren bereits zu viele Ärzte im Einsatz, eigentlich hätte sie ja kein Pikett gehabt." „Du bist mit dem Taxi hergekommen? Dann hätten wir dich ja gleich selber abholen können", kam es schroff von ihrer Mutter. Laura wusste, dass die harten Worte nicht für sich selbst, sondern für Hailey bestimmt waren. „Nein nein, was denkt ihr denn, bitte beruhigt euch. Hailey würde mich nicht einfach stehen lassen, das wisst ihr ebenso gut wie ich. Ethan hat auf mich gewartet und hier abgesetzt", versuchte sie schnell einzuwerfen, damit Hailey nicht allzu schlecht bei ihren Eltern da stand. „Er musste jedoch gleich weiter und meinte, er wolle uns auch gar nicht beim Wiedersehen stören", log sie die beiden an. Sie wollte ihnen nicht erzählen, dass sie ihn nicht habe hereinbitten wollen. „Schon wieder ist ihr ihre Arbeit wichtiger als du", kam es etwas genervt von ihrem Vater, doch klang seine Stimme etwas besänftigt dadurch, dass Hailey Ethan damit beauftragt hatte, für Laura den Chauffeur zu spielen. Ihre Eltern hielten grosse Stücke auf Ethan und betrachteten ihn nicht nur als Freund ihrer älteren Tochter, sondern als Freund der ganzen Familie. „Das stimmt nicht und ihr wisst das. Hätte sie ein Kind eventuell sterben lassen sollen, nur um mich abzuholen? Es geht da jeweils um Minuten oder gar Sekunden. Hailey nimmt ihre Arbeit sehr ernst und das ist auch gut so. Ansonsten wäre sie nicht eine solch gute und erfolgreiche Ärztin geworden", gab Laura ihrem Vater zurück. Wieder einmal hatte sie das Gefühl, dass Rita und Henry kein bisschen stolz auf Hailey waren. Laura merkte bereits sehr früh, dass ihre Eltern ihr selber viel mehr zugetan waren als ihrer Schwester, was ihr nicht recht war. Denn sie liebte und vergötterte diese ungemein. Und obwohl sie selbst Jura studierte, bewunderte sie Hailey für dessen

Karriere, welche sie bereits hingelegt hatte. Sie hatte schon so einiges erreicht und war noch nicht einmal vierzig. Nach ihrem Medizinstudium konnte sie ihr Praktikumsjahr im 'Killarny Community Hospital' absolvieren und war anschliessend zwei Jahre als Assistenzärztin dort beschäftigt. Danach nahm sie eine Stelle als Ärztin in dem 'University Hospital Kerry' an, bereits ein Jahr später wurde sie zur Oberärztin befördert. Und vor Kurzem hatte sie die Leitung der Kinderabteilung im 'St. James' übernommen. Ihr Herz galt schon immer den kleinen Patienten. Zu alledem konnte sie sich den Traum einer eigenen Praxis erfüllen, welche jeweils am Montag-, Mittwoch- und Donnerstagmorgen geöffnet hatte.

Um das Thema zu wechseln, fragte Laura: „Gibt es nun Kuchen? Ich sterbe vor Hunger" und lachte. Sie wusste, dass ihre Eltern immer alles perfekt vorbereiteten, wenn sie aus den Ferien nach Hause kam. Dazu gehörte nach der Meinung ihrer Mutter auch Lauras Lieblingskuchen. „Ja natürlich, setz dich und dann erzähl mal in aller Ruhe." Laura konnte ihre Eltern schon immer schnell um den Finger wickeln. Als sie sich hinsetzte, bemerkte sie, dass nicht für vier, sondern nur für drei Personen gedeckt war. Sie wollten Hailey also gar nicht dabei haben. Ihre aufkeimende Wut darüber, wie ihre Eltern sich Hailey gegenüber verhielten, überspielte sie mit Leichtigkeit. „Hört mal, ich habe euch doch von meiner neuen Mitbewohnerin Chrissy Bell erzählt. Ich habe sie hierher eingeladen, das ist doch in Ordnung?" „Scheint ein nettes Mädchen zu sein", entgegnete ihr Vater. „Selbstverständlich ist es in Ordnung, wenn du sie uns vorstellen möchtest und sie für ein paar Tage hierher kommt." „Super, ihr werdet sie mögen. Da bin ich mir ganz sicher." Laura liess ihre Eltern im Glauben, dass sie Chrissy ihnen vorstellen wolle, und erwähnte nicht, dass sie sie einzig und alleine wegen Hailey eingeladen hatte.

Nachdem sie drei Stück Kuchen verputzt hatte, ging Laura auf ihr Zimmer. Sie wolle ihren Kram wegräumen, wie sie ihren Eltern sagte. So sehr sie ihre Mutter und ihren Vater auch liebte, die beiden konnten anstrengend sein und sie brauchte jetzt etwas Ruhe. Zudem wollte sie die elendige Arbeit vom Koffer auspacken und Kleider waschen, gleich noch an diesem Tag erledigen.

Ihr Zimmer war gross, drei Seiten waren in einem weichen Weiss gestrichen, die vierte Wand hatte sie zusammen mit Hailey vor zwei Jahren neu bemalt. Die Grundfarbe war Bordeaux und darauf hatten sie schwarz-weisse Blumen gezeichnet. Hailey war sehr gut im Zeichnen, Laura übernahm das ausmalen. Im Zimmer stand ein grosses Bett, eine Couch und einen dazugehörigen Sessel aus Leder, einen Kleiderschrank und einen Schreibtisch. Angrenzend war ein Badezimmer, welches man von ihrem Zimmer aus wie auch vom Flur her betreten konnte. Es beinhaltete eine Toilette, eine Dusche und eine Waschmaschine mit einem Trockner oben drauf. Laura war die Einzige, die dieses Bad nutzte. Sie hatte ihr Eigenes, seit sie klein war, Hailey ebenso.

Laura wuchtete ihren Koffer auf das Bett, öffnete ihn und begann ihn auszupacken. Wie immer hatte sie alle Kleider hineingestopft, ohne sich die Mühe zu machen, diese erst ordentlich zu falten. „Warum sollte ich Kleider zusammen legen, wenn sie sowieso in die Waschmaschine gehören?", sagte sie laut zu sich selber und schüttelte den Kopf. „Passt ja auch so rein." Dann ging sie ins

Bad, um dort ihre Kleider zu waschen. „Ich mache das schon", hörte sie plötzlich ihre Mutter hinter sich. „Nein Mom, ich muss das während des Studiums auch selber machen und bin ja auch schon ein grosses Mädchen. Aber danke für das Angebot." Mit einem festen Blick sah sie ihre Mutter an. Seufzend lief diese wieder in das Wohnzimmer zurück. Ihr und ihrem Mann war 'ihre Kleine' viel zu schnell erwachsen geworden. Sie hätten sie gerne noch weiter verwöhnt. Manchmal war ihnen gar nicht bewusst, wie sie Laura noch immer verhätschelten und behandelten, als wäre sie ein rohes Ei.

Zurück im Zimmer fiel ihr Blick auf das Handy. Sie hatte es achtlos neben den Koffer auf ihr Bett geworfen. Das weisse Licht, welches blinkte, zeigte ihr an, dass neue Nachrichten eingegangen waren. Die Erste war von Chrissy. „Hey Laura, ich bin gut zu Hause angekommen. Du auch? Mein Bruder und meine Schwester nerven schon wieder, ich habe mich deswegen auf mein Zimmer zurückgezogen. War schön, noch zwei Tage mit dir in der Wohnung zu verbringen, und es hat sich wirklich gelohnt, erst heute zu fahren. Kein Gedränge auf dem Bahnhof, keine voll-gestopften Züge. Wie war es bei dir? Liebe

Grüsse, Chris." Noch bevor sie die zweite Nachricht öffnete, schrieb sie Chrissy zurück: „Hallo Chris, bin ebenfalls gut nach Hause gekommen und mache das mit der Heimreise jetzt immer so. Ich hatte während der ganzen Fahrt ein ganzes Abteil für mich. Hihi, mir ging es ebenso mit meinen Eltern (bezüglich des Nervens meine ich). Telefonieren wir morgen? Am Abend? LG, L." Die zweite Nachricht war von Tobias. Sie lächelte. Es war ein netter junger Mann aus ihrem Jahrgang, sie hatten sich ein paar Mal über diverse Vorlesungen unterhalten und waren dann ins private Leben abgeschweift. Er wünschte ihr noch einmal schöne Ferien, denn er wusste, dass sie erst heute gefahren war. Die dritte Nachricht war von Marc. Mit ihm war sie ein paar Mal aus. Er war ebenfalls an ihrer Uni, doch bereits im Abschlussjahrgang. „Liebe Laura, auf dem Hausboot ist es herrlich. Dies würde dir gefallen. Vermisse dich und es wäre schön, wenn wir uns in der zweiten Hälfte der Ferien mal treffen könnten? Hab dich lieb, Marc." Dazu schickte er ein Selfie, darauf sah man ihn und im Hintergrund das Hausboot. Er war mit drei seiner Kollegen unterwegs. Ihm schrieb sie ebenfalls gleich zurück. „Lieber Marc. Sieht toll aus. Ich wünsche dir und deinen Kumpels viel Spass. Würde mich ebenfalls freuen, dich zu treffen. Kuss, Laura." Die vierte Nachricht war von ihrer Schwester: „Liebe Laura, es tut mir unendlich leid, dass ich es nicht an den Bahnhof geschafft habe heute Nachmittag. Ich hoffe, du hattest eine kurzweilige Zugfahrt und bist gut zu Hause angekommen? Wahrscheinlich bist du bereits vollgestopft mit Blaubeerkuchen :-).

Hättest du Zeit und Lust, den morgigen Tag mit mir zu verbringen? Ich habe mir den ganzen Tag freigeschaufelt, wir könnten einen Ausflug aufs Oldham-Gestüt machen, zum Reiten, danach zu mir zum Lunch und am Nachmittag einen Einkaufsbummel durch die Stadt machen. Ich brauche neue Winterstiefel :-). Um sieben Uhr vor der Türe? Na, was sagst du dazu?"

Da die beiden Schwestern eigentlich erst am nächsten Sonntag zum Brunch im 'Olivia's' verabredet waren, um den Tag elternlos miteinander zu verbringen, freute sich Laura über dieses frühere Treffen. Und das Wiedersehen am Bahnhof fiel ja aus, da Hailey ins Krankenhaus gerufen wurde. „Kein Problem wegen heute Nachmittag. Ich verstehe das. Und wegen morgen: Das brauchst du mich nicht zweimal fragen, ich stehe morgen um Punkt sieben Uhr vor der Haustüre. Freue mich auf dich :-*."

Nachdem sie ihren Eltern mitgeteilt hatte, dass sie den nächsten Tag mit Hailey verbringen würde, ging sie zu Bett. Sie wunderte sich, warum Rita und Henry nichts dagegen einzuwenden hatten, nach dem heutigen Nachmittag. Den vielwissenden Blick, den ihre Eltern austauschten, entging ihr allerdings.

Sie malte sich ihr Treffen mit Hailey aus. „Ob ich morgen wohl wieder Escape reiten darf?", fragte sie sich im Stillen. Escape war der neunjährige, dunkelbraune Hannoveranerwallach, den Hailey gekauft hatte, als er fünf Jahre alt war. Ein wunderschönes, aber nicht ganz einfach zu reitendes Pferd. Jedoch war Laura eine gute Reiterin und hatte genug Pferdeverstand, um mit dem etwas eigensinnigen Tier zu Recht zu kommen. Mit dem Gedanken an Escape schlief sie schliesslich ein.

Als Ethan vor dem 'Castle of Fish' seinen Wagen zum Stehen gebracht hatte, musste er feststellen, dass in dem Lokal kein Licht brannte. Er stieg aus und las den

Anschlag, der an der Tür hing: „Wegen Trauerfall geschlossen. Nun, dann bestellen wir uns halt etwas." Gesagt, getan. Kaum war er bei Haileys Wohnung angekommen, riefen sie in der Sushibar an und bestellten jene Sushis, die sie am liebsten mochten.

Etwas gekränkt, dass Laura sich nicht mit der Wäsche helfen liess, ging ihre Mutter Rita ins Wohnzimmer zurück. „Ich rufe jetzt Hailey an", sagte sie zu ihrem Mann Henry, dem Vater der beiden.

Nach dem fünften Klingeln nahm Hailey den Anruf ihrer Mutter entgegen. „Hallo Mom, was gibts? Wenn du mir Vorwürfe wegen heute Nachmittag machen willst, lass es." Rita seufzte, sagte jedoch nichts dazu. Dennoch schwang etwas Verachtung in ihrer Stimme mit. „Na gut, immerhin hast du Ethan geschickt. Ist alles vorbereitet für morgen? Klappt auch alles? Und dass du mir ja gut auf sie aufpasst." „Himmel Mom, sie kann gut selber auf sich aufpassen! Weisst du, du und Dad behandelt sie wie ein kleines Kind, aber das ist sie nicht mehr. Sie ist erwachsen. Und zum anderen: Ja, es ist alles organisiert und mit den Oldhams abgesprochen. Ich hole sie morgen um sieben

Uhr bei euch ab. Einen schönen Abend wünsche ich." Ohne auf eine Erwiderung zu warten, unterbrach sie die Verbindung und pfefferte ihr Handy auf das Sofa. Dabei hätte sie fast das Martiniglas getroffen, welches Ethan ihr hingestellt hatte. „Du meine Güte, Hailey, was ist denn los?" „Meine Mom", antwortete sie nur. Ethan wusste, dass Laura seit jeher von ihren Eltern sehr umsorgt wurde und sie Hailey nie dieselbe Zuneigung hatten spüren lassen. „Ach komm schon, Hailey, setz dich zu mir. Eure Eltern machen sich nur Sorgen um Laura und wollen alles richtig machen. Ich kann Rita und Henry sogar verstehen, deine Schwester ist eine hübsche junge Frau geworden. Sie ist einfach... wow." Er erschrak selbst über seine aufkeimende Schwärmerei über Laura vor Hailey und stutze. „Ob sie wohl etwas gemerkt hat?", fragte er sich. Hailey schaute ihn einen Moment lang prüfend an, sagte jedoch nichts und versuchte, sich nichts anmerken zu lassen. „Seit wann schwärmt Ethan so für Laura?", fragte sie sich insgeheim. Um nicht reden zu müssen und um die negativen Gedanken zu vertreiben, nippte sie an ihrem Martini. Beide genehmigten sich einen Drink, bis das Essen geliefert wurde.

Firmenanlass
Freitag, 20.12.2019

Der Geschäftsinhaber Prof. Ing. Jackson war Henrys Vorgesetzter und wollte an diesem Freitag entscheiden, wen er zu seinem Teilhaber und späteren Nachfolger machen würde. Da Henry einer der Favoriten war, hatte Laura ihre Eltern gedrängt, unbedingt dorthin zu gehen. Trotz ihres Geburtstages. Ihre Eltern liessen sich schliesslich überreden unter der Bedingung, dass sie ihre Tochter am darauffolgenden Abend zum Feiern einladen dürfen.

Nach dem Lunch am Freitag wollte Jackson mit jedem Einzelnen seiner drei Favoriten sprechen. Henry liebte seinen Job, er hätte sich auch in der Nachfolge gesehen, doch er war nicht ganz so verbissen.
„Vielleicht lief das Gespräch ganz gut, weil ich nicht so versessen darauf bin. Johanna sieht es eher sportlich, genau wie ich. Aber Rodney ist schon sehr verbissen", sagte er nach dem Gespräch zu seiner Frau. Rita lächelte ihn an. „Und trotzdem willst du die Teilhaberschaft." „Ja klar, wer würde ein solches Angebot ausschlagen?"

Nach den Gesprächen zog sich Jackson zurück mit seinen persönlichen Beratern und den Gästen wurde ein Apéro serviert. Zum Dinner waren alle wieder anwesend. Jackson hatte die Entscheidung gefällt, er genoss es allerdings, alle noch etwas auf die Folter zu spannen. Es gab ein Menü, welches aus sieben Gängen bestand. Dazwischen immer genug Zeit, um der Liveband zu lauschen oder sich auszutauschen. Endlich war der letzte Gang serviert und Jackson griff sich das Mikrofon. Alle Augen waren auf ihn gerichtet, keinen Mucks war zu hören. „Nun denn", fing er an. „Es ist an der Zeit, meinen neuen Teilhaber und zukünftigen Nachfolger zu nennen. Einen kurzen Vorvertrag habe ich bereits aufsetzen lassen. Dieser wird gleich im Anschluss an das Dinner unterzeichnet und ich hoffe sehr, dass wir auf unsere neue Zusammenarbeit anstossen. Für den Rest der Gäste spielt hier noch bis zwei Uhr die Band und dort drüben ist die Bar geöffnet. Snacks für den wiederkehrenden Hunger gibt es ebenfalls an der Bar." Er wurde durch einen kleinen Applaus unterbrochen, bevor er fortfahren konnte. „Ich freue mich, ihnen mitteilen zu können, dass ab dem nächsten 01.01. Henry

Arlington mein gleichberechtigter Partner sein wird." Tosender Applaus, Glückwunschrufe. Rita gab Henry einen Kuss. „Herzlichen Glückwunsch, Herr Teilhaber." Johanna warf ihm von Weitem einen Blick zu und formte mit ihren Lippen ein „herzlichen Glückwunsch" und lächelte ihn ohne Neid an. Dann wurden er und Rita von Jackson in eines seiner Büros auf seinem Privatgrundstück geführt. Der Blick, den Rodney ihm zuwarf, entging Henry.

Es war bereits Viertel nach drei, als sie aus dem Taxi stiegen. Henry und Rita gaben sich Mühe, Laura nicht zu wecken, als sie zu Bett gingen. Er hätte zwar seiner Tochter die gute Neuigkeit am liebsten gleich erzählt, doch konnte er sich gerade noch zurückhalten. Sie zogen sich um und gingen zu Bett. „Dann haben wir morgen Abend sogar zwei Gründe, um zu feiern", lallte Henry Rita ins Ohr und schlief sofort ein.

Schreibpapier und Tinte
Samstag, 21.12.2019

Rita und Henry hatten den Wecker nicht gestellt und erwachten erst, als es bereits zehn Uhr war. „Ich hole Laura. Dem Anschein an hat sie noch nicht gefrühstückt", sagte sie zu ihrem Mann und lief ins Zimmer ihrer jüngeren Tochter. Doch dieses war leer. „Komisch", dachte sich Rita. „Normalerweise bringt sie ihr Bett nicht in Ordnung, wenn sie aufsteht." Sie runzelte die Stirn und ging zu Henry in die Küche. Dort berichtete sie ihm, dass Laura nicht da war. Das bereits gemachte Bett erwähnte sie nicht. „Na, es ist ja auch schon spät. Sie wird mit Hailey zum Reiten gegangen sein. Ich ruf sie gleich mal an." Doch Laura nahm ihr Handy nicht ab. „Ich versuche es bei Hailey", Rita hatte bereits den Kontakt ausgewählt und ihr Telefon am Ohr. „Sie geht auch nicht ran." Henry versuchte es ebenfalls noch einmal bei Hailey. Erfolglos. „Sie werden unterwegs sein und es ist vernünftig, auf dem Pferd nicht zu telefonieren. Rita stimmte ihm mit einem Nicken zu.

Das Klingeln ihres Handys riss Hailey schliesslich aus ihrem erstarrten Zustand vor dem Spiegel wieder in die Gegenwart zurück. Für ihre Familienmitglieder und ihre Freunde hatte sie jeweils einen eigenen Klingelton eingerichtet. Somit wusste sie, ohne aufs Display zu schauen, dass ihre Mutter versuchte, sie zu erreichen. „Ich kann jetzt nicht mir dir reden Mom", sagte sie laut zu ihrem Handy und liess es weiter klingeln. Kaum war es verstummt, ertönte der Klingelton, den sie für ihren Vater programmiert hatte. „Auch mir dir nicht Dad", seufzte sie nervös und schaltete das Handy auf Vibrationsalarm um.

Sich einen Ruck gebend, zog sie sich eine Jeans und einen Pullover an, ging die Treppe hinunter und schlüpfte in ihre neuen Stiefel. Diese waren gefüttert mit einem Schaffellimitat. Als sie mit Laura am ersten Dienstag nach deren Rückkehr einkaufen war, hatte sie diese in der Temple Street in einem neuen Laden entdeckt. Die beiden hatten einen riesen Spass, als sie diverse Stiefel ausprobierten und im Gang des Schuhgeschäfts hin und her liefen, als wären sie auf dem Catwalk. Diese waren nicht nur von ihr, sondern auch von Laura für schön befunden worden und somit hatte sie diese gleich erworben. Was spielen gute Stiefel jetzt noch für eine Rolle, dachte sie, während sie sich ihren Wintermantel vom Haken nahm. Sie schloss die Tür hinter sich und trat in den Schneesturm hinaus. Eilig lief sie die Killarny Road hinunter, überquerte den Place of Kerry und bog in die Dirty old Town Alley ein. Dort betrat sie das 'Letters East', ein Schreibwarengeschäft, welches die exklusivsten Artikel rund ums Schreiben und Zeichnen führte.

Sie stöberte kurz durchs Geschäft und fand schliesslich, nach welchen Artikeln sie gesucht hatte. Einen qualitativ exzellenten Füllfederhalter und jede Menge schwarze Tinte. Dazu wählte sie ein wunderschönes, schlichtes Briefpapier und kaufte gleich mehrere Bogen davon. Zu guter Letzt nahm sie sich ein blutrotes Siegelwachs aus dem Regal.

An der Kasse grinste der Verkäufer sie schief an und sagte: „Das gibt ja eine Menge Liebesbriefe. Allerdings wäre da rote Tinte besser dafür geeignet, meinen Sie nicht?" „Und Sie meinen nicht, dass es Sie überhaupt nichts angeht? Ich dachte immer, die Mitarbeiter im 'Letters East' wären ebenso hoch qualifiziert wie ihre Verkaufsware hochwertig ist." Hailey bemühte sich um einen sachlichen Tonfall, doch am liebsten hätte sie ihn angeschrien und ihm alle Schande gesagt. Er hatte keine Ahnung, wie es ihr ging und was sie damit vorhatte. „Entschuldigen Sie bitte", murmelte der Verkäufer etwas betroffen. Anstatt einer Erwiderung kramte sie in ihrer Handtasche nach der Geldbörse und bezahlte ihm 269.68 Euro. Mit einem leichten nicken, welcher als Abschieds-gruss gelten sollte, machte sie auf dem Absatz kehrt, eilte zur Türe und verliess das 'Letters East'.

Vor dem Schreibwarengeschäft musste sie erst einmal tief Luft holen und sie versuchte verzweifelt, die Tränen zu unterdrücken, welche schon wieder ihre Augen füllten. Weder auf die Menschen noch auf den Verkehr achtend ging sie schnellen Schrittes in Richtung ihrer Wohnung. Als sie quer über eine Strasse lief, wurde sie in der Tat fast von einem herannahenden Bus überfahren. Der Chauffeur konnte im letzten Moment vor ihr anhalten. Er öffnete das Fenster und rief ihr zu, ob alles in Ordnung sei. Sie machte eine abwinkende Handbewegung und rannte nach Hause.

In ihrer Wohnung angekommen, warf sie den Mantel und die Stiefel im Eingangsbereich hin, lief in ihr Schlafzimmer und setzte sich zitternd an ihren alten Sekretär. Diesen hatte sie von ihrem Urgrossvater geerbt. Ein Schreiner hatte ihn günstig bei einer Haushaltsauflösung erworben und ihn aufwendig restauriert. Von diesem Handwerker kaufte ihr Urgrossvater dieses alte Schmuckstück. Der Sekretär war aus Nussbaumholz. Er war wunderschön gearbeitet mit geschnitzten Verzierungen. Die Kanten und Ecken waren mit Silberbeschlägen geschützt. Hailey vermisste ihren Urgrossvater und ihre Urgrossmutter, war sie doch die ersten vier Jahre bei ihnen aufgewachsen.

Mit den Fingern strich sie den Seitenkanten entlang, dies hatte eine beruhigende Wirkung auf sie. Langsam wurde ihre Atmung normal, die Tränen versiegten und sie gewann wieder die Kontrolle über sich selbst. Schliesslich packte sie Schreibpapier, Füllfederhalter, Tinte und das Siegelwachs aus. Sie füllte den Füller mit Tintenpatronen, kritzelte solange auf einem Skizzenpapier herum, bis die Tinte gleichmässig floss und legte ihn neben dem Schreibpapierblock ab.

Danach ging sie in die Küche, wollte sich dort schon einen Kaffee aus der Kaffeemaschine lassen, entschied sich dann aber um und brühte sich eine Kanne Kräutertee auf. Damit setzte sie sich zurück an den Sekretär und begann zu schreiben.

Wie alles begann

Meine Mom war gerade siebzehn Jahre alt geworden, als ich auf die Welt kam. Mein Dad war damals neunzehn jährig. Ich war alles andere als ein Wunschkind, denn ich wurde unter Drogen- und Alkoholeinfluss gezeugt.

Meine Grosseltern, die Eltern meiner Mom, habe ich nie kennengelernt. Sie starben bei einem Autounfall, als meine Mom vierzehn Jahre alt war. Wie durch ein Wunder blieb sie bei diesem Unfall unverletzt, während ihre Eltern sofort tot waren. Damals waren sie auf einer Geschäftsfeier ihres Vaters, er hatte ein Glas zu viel Alkohol getrunken und dazu noch das schlechte Wetter unterschätzt. Somit glitt das Auto gerade aus, anstatt dem Strassenverlauf zu folgen. Dieser gab eine Rechtskurve vor und stürzte einen Abhang hinunter. Ob sich das

Auto auch überschlagen hatte, konnte nicht eindeutig festgestellt werden und meine Mom konnte sich an den Unfall nicht mehr erinnern. Dieses Geschehnis konnte sie bis zum heutigen Zeitpunkt niemals ganz verarbeiten. Seit dem Tod ihrer Eltern wohnte sie bei ihren Grosseltern, welche erst siebenundfünfzig und dreiundsechzig Jahre alt waren. Mein Grandpa (ich nannte ihn so, natürlich war er mein Urgrossvater), liess sich sofort pensionieren, damit er für meine Mom da sein konnte. Die beiden begleiteten sie zu ihren Therapiestunden und gaben ihr Bestes, um ihr über den Tod ihrer Eltern hinwegzuhelfen. Ihre eigene Trauer steckten sie zurück. Schliesslich hatten sie ihren Sohn und ihre Schwiegertochter verloren. Doch allen Bemühungen zum Trotz rutschte meine Mom in die Drogen- und Alkoholszene ab. Ihre Freunde nahmen alle Drogen und in ihrem Schmerz über den Verlust ihrer Eltern war sie damals zu schwach, um „nein" sagen zu können. Ich denke, für sie war es eine Art Flucht vor der Realität.

Mein Dad hingegen wurde an eine Sonderschule geschickt, als er ein paar Mal straffällig wurde. Er war niemals gewalt-tätig, trotzdem beging er ein paar Delikte. Für diese wurde er zu Recht bestraft mit diversen Sozialarbeiten. Seine Familie kommt aus „besserem Hause", wie sie sich selber bezeichnen. Sie wollten mit den kriminellen Machenschaften von meinem Dad, seien sie auch noch so klein gewesen, nichts zu tun haben. Ausserdem wollten sie um jeden Preis verhindern, dass jemand in ihrem Umfeld davon Wind bekam. Deswegen erzählten sie allen, er wäre hochbegabt und werde an einer speziellen Schule und später dann auf der Universität gefordert und gefördert. Diese wäre sehr weit weg und deswegen könne er sie nicht oft besuchen kommen.

Mein Dad brach den Kontakt zu seinen Eltern und überhaupt zu seiner gesamten Verwandtschaft ab, als er volljährig wurde.

Meine Eltern lernten sich auf der Party eines gemeinsamen Freundes kennen. Auf ebendiesem Fest wurde ich gezeugt, natürlich unter Drogen und Alkohol. Zugegebenermassen muss ich ihnen zu Gute halten, dass es Liebe auf den ersten „Kick" war. Schliesslich sind die beiden heute noch immer zusammen und ich glaube nicht, dass dies aus irgendeinem Pflichtgefühl so ist. Ich denke wirklich, dass ihre Liebe zueinander echt ist.

Als ich mich ankündigte, haben mein Grandpa und meine Grandma sich dafür eingesetzt, dass mein Dad zu ihnen ziehen durfte. Damals war er zwar bereits volljährig, doch wegen seiner Vergehen bekam er vorübergehend eine Vormundschaft. Sie haben sich praktisch aufgeopfert für die beiden. Meine Eltern waren beide überfordert mit mir, obwohl ich anscheinend kein pflegeleichteres Baby/ Kind hätte sein können, wie meine Urgrosseltern mir immer wieder zu verstehen gaben. Mom und Dad waren erst mit ihren Drogen- und Alkohol-entzügen beschäftigt, und als sie diese beide erfolgreich hinter sich gebracht hatten, begannen beide ein neues Leben. Dieses sah so aus, dass die beiden sich eine eigene Wohnung mieteten und auszogen. Damals war ich vier Jahre alt. Beide holten ihren Schulabschluss nach und begannen zu studieren. Meine Mom studierte Sprachen, mein Dad Elektronik.

Tagsüber durfte ich nach dem Kindergarten bei meinen Urgrosseltern sein, am Abend holten meine Eltern mich jedoch ab. Heute denke ich, dass sie es einfach für ihre elterliche Pflicht hielten. Eine lästige Pflicht. Ich selber wäre viel lieber bei

Grandpa und Grandma geblieben. Diese kümmerten sich rührend um mich, doch leider war ich niemals der Mittelpunkt meiner Eltern. Ich lebte neben ihnen her, bereits als kleines Kind. Sie waren niemals böse oder gewalttätig, mir gegenüber. Jedoch waren sie sehr mit sich selbst beschäftigt. Ich glaube, sie waren auch damals überfordert mit der Elternrolle. Oder vielleicht war es für sie selbstverständlich, dass ein Kind niemals in Streitereien verwickelt war, weder im Kindergarten noch später in der Schule. Auch mit den Nachbarskindern hatte ich keinerlei Probleme. Ich machte von der ersten Klasse an meine Hausarbeiten, ohne daran erinnert werden zu müssen. Ich half im Haushalt mit, seit ich...., keine Ahnung mehr seit wann. Meiner Erinnerung nach schon immer. Selbst krank war ich nie, man musste mich also auch niemals gesund pflegen, mir gut zu reden oder Ähnliches. Bei meinen Eltern zu Hause habe ich gelernt, mich selbst zu beschäftigen. Ich puzzelte, machte Logik-Spiele, knifflige Holz- oder Metallspiele und zeichnete sehr gerne. Manchmal Tiere, manchmal Wälder und manchmal auch einfach nur Muster. Niemals habe ich etwas von meinen Eltern gefordert. Immer war ich darauf bedacht, sie nicht zu stören und dass es ihnen gut geht. Durch dieses Verhalten habe ich nichts erhalten, weder Schelte noch Liebe. Die einzigen drei Orte, an denen ich herzlich willkommen und ein gern gesehener Gast war, war bei meinen Urgrosseltern zu Hause, bei meiner Patentante Jenny und bei der Familie von meiner besten Freundin Danielle.

Da meine Mom von ihren Eltern eine ganze Menge Geld geerbt hatte, kauften sich meine Eltern nach ihrem Studium ein grosses Anwesen. Ein riesiges, herrschaftliches Haus mit einer bemerkenswerten Parkanlage.

Selbst heute wirkt es auf mich noch immer so, als würden adelige Personen darin wohnen. Aber das sind wir nicht und wir haben meines Wissens auch keine adeligen Vorfahren. Spielt keine Rolle. Damals durfte ich mir mein Schlafzimmer selber aussuchen. Ich wählte das Einzige, welches sich im Untergeschoss befindet. Ein angrenzendes Badezimmer gehört dazu, dies aber hat jedes der vier Schlafzimmer. Vor dem Zimmer ist eine kleine Terrasse, die nahtlos in die Parkanlage über geht.

Doch dann starben meine Urgrosseltern beide im Abstand von nur drei Wochen, beide an einem Herzstillstand. Damals war ich gerade mal neuneinhalb Jahre alt. Ich dachte, mein Herz würde ebenfalls stillstehen. Nein, schlimmer noch, mein Herz wurde mir bei lebendigem Leibe herausgerissen. So fühlte es sich zumindest an. Meine Mom hatte meinen Dad, ich hatte niemanden. Also niemand stimmt nicht ganz, ich hatte meine Patentante Jenny. Sie war und ist eine Freundin von meiner Mom. Einige Male unternahm sie etwas mit mir und war für mich da. Über den Tod von den beiden Menschen, die ich so sehr geliebt hatte, konnte ich jedoch nicht sprechen. Und Jenny machte auch keine Anstalten, dass sie etwas darüber hören wollte.

Meine Urgrosseltern waren sehr wohlhabend, meine Mom hat also ein zweites Mal eine grosse Stange Geld geerbt. Im Testament von meinen Urgrosseltern stand jedoch, dass der Sekretär, an dem ich hier diese Zeilen schreibe, samt Inhalt an mich gehen sollte. Meine Eltern hatten nichts dagegen, denn dieses Möbelstück wollten sie nicht haben. Darin befand sich nur ein Brieföffner, etwas Schreibpapier und einen Kugelschreiber. Ein paar Büroklammern und fünf Klarsichtmäppchen. Dieser Sekretär, dieses alte Stück Holz war mein einziger Trost. Immer wenn ich der Seitenkante entlang über die silbrigen Beschläge strich, hatte ich das Gefühl (und das ist noch immer so), dass mein Grandpa irgendwie bei mir ist. Das gab mir früher und gibt mir noch immer Halt in schwierigen Zeiten.

Der Sekretär verfügt über zwei geheime Schubladen, davon wussten meine Eltern allerdings nichts. Ich bin mir nicht einmal sicher, ob mein Grandpa dies meiner Grandma erzählt hat. Aber mir, seiner Urenkelin, mir hatte er es erzählt. Grandpa hatte mir auch einmal gezeigt, wie man sie öffnen kann. Es war etwas knifflig, doch ich liebte knifflige Spiele schon immer. Daher war es für mich ein Leichtes, ihm die Folge von mechanischen Betätigungen nachzumachen. Auf diese Art und Weise können zwei Schlösser entsperrt werden, welche beide je eine Schublade frei geben. Die eine ist klein, die andere etwas grösser. Doch beide wurden so geschickt in das Möbel aus Massivholz eingelassen, dass man sie bei blossem Betrachten des Stückes nicht sehen kann.

Etwa fünf Monate nach seinem Tod suchte ich die schönsten Fotos heraus, welche er und Grandma von und mit mir zusammen gemacht haben. Es waren zehn Bilder. Eines, bei dem wir alle drei darauf zu sehen waren, ein vorbeilaufender Wanderer hatte es damals von uns geschossen. Wir waren in einem Tierpark und danach an einer Feuerstelle grillen. Das war sehr lustig, beim Versuch, eine Dose Bohnen zu öffnen und in den Kessel zu kippen, geriet mein Grandpa ins Stolpern. Somit hat er die ganzen Bohnen neben den Topf geschüttet und mit dem Bohnenwasser auch gleich das Feuer gelöscht. Wir kringelten uns vor lauter lachen. Auf den anderen neun waren entweder einer oder zwei oder gar keiner von uns zu sehen. Es waren Fotos von meinen Lieblingsausflügen, welche ich mit ihnen zusammen unternehmen durfte. Wie auch immer, ich wollte diese zehn Lieblingsfotos in einer dieser Geheimschubladen verstecken. Als ich die kleinere Schublade herauszog, traf mich fast der Schlag. Diese war gefüllt mit grossen Geldscheinen. Vor Schreck schob ich sie gleich wieder zu. Dann ging ich zu meiner Zimmertür und horchte, ob auch wirklich niemand davor war (warum hätten sie das tun sollen, meine Eltern standen nie vor meinem Zimmer, höchstens um mich zu Tisch zu rufen, wenn es Nachtessen gab). Ich ging zurück zu meinem Erbstück und zog nun ganz langsam die grössere der beiden Geheimschubladen hervor. Diese war ebenfalls voll mit grossen Geldscheinen. Aber da war noch etwas. Ein Brief. Verpackt in einem

Kuvert. Darauf stand in der schönen Handschrift meines Grandpas: „Persönlich" und darunter mein Name: „Hailey Arlington". Mir stockte der Atem und ich sass eine ganze Weile da, bis ich den Brief endlich öffnen konnte. Schön sorgfältig mit dem Brieföffner aus dem Sekretär, öffnete ich das Kuvert, nahm die säuberlich gefalteten Papiere heraus, entfaltete sie und strich sie glatt. Es war ein langer Brief, drei ganze Seiten:

Meine liebste Hailey

Dass du diesen Brief in deinen Händen hast und liest, heisst leider, dass ich nicht mehr am Leben bin. Ich weiss, dass deine Eltern dir nie die Aufmerksamkeit schenkten, die du verdient hättest. Leider kann ich dies nun nicht mehr an ihrer Stelle tun, dennoch möchte ich dir gerne etwas für deine Zukunft hinterlassen. Nämlich das Geld, das ich in den Geheimfächern des Sekretärs versteckt habe. Deine Eltern wären damit nicht einverstanden gewesen, bitte sage ihnen nichts davon. Wenn du alt genug bist, dann kannst du dir ein Bankkonto einrichten und dir jeden Monat etwas davon darauf einzahlen, so merkt niemand, woher das Geld wirklich stammt.

(Die weiteren Worte, welche sehr persönlich waren, werde ich hier nicht aufschreiben. Die waren von meinem Grandpa nur für mich alleine bestimmt und dieses eine Geheimnis zwischen uns möchte ich wahren.)

In Liebe, dein Grandpa

Hailey legte den Füllfederhalter beiseite und stand auf. Dann öffnete sie wie ferngesteuert und ohne zu wissen, warum sie dies eigentlich tat, die beiden Geheimschubladen im Sekretär. Sie nahm die Bilder heraus, welche sie damals mitsamt dem Geld und dem Brief darin verstaut hatte. Ein weiteres Foto hatte sie dazu gelegt. Es war eines neueren Datums, es zeigte sie mit ihrer Schwester und Escape. Dieses Foto wurde bei einem gemeinsamen Spaziergang geschossen. Das war in Lauras letzten Ferien, die sie zu Hause bei ihren Eltern verbrachte. Sie betrachtete es eine ganze Weile, während ihre Gedanken zum vorletzten Dienstag sprangen, als sie Laura vor ihrem Elternhaus zum Reiten abholte.

Der schwarze Pfeil

Dienstag, 10.12.2019

Punkt sieben Uhr brachte Hailey ihren Wagen in der Auffahrt ihres Elternhauses zum Stehen. Weder stieg sie aus, noch stellte sie den Motor ab. Sie mochte ihre Eltern nicht sehen und schon gar nicht mit ihnen sprechen. Dieser Tag gehörte einzig und allein ihrer kleinen Schwester. Ihr Magen krampfte sich zusammen beim Gedanken daran, dass ihre Mutter hinaus zum Auto kommen könnte, um ihr noch einmal dieses und jenes einzuschärfen. Doch dann sah sie bereits Laura, wie diese vor die Haustüre trat und hörte, wie sie rief: „Tschüss zusammen, bis heute Abend." Kurz darauf öffnete sich auch schon die hintere Autotür und Lauras Tasche mit Ersatzkleidern wurde auf die Rückbank geworfen. Währenddessen lehnte sich Hailey hinüber, um ihr die Beifahrertüre zu öffnen. Laura liess sich auf dem Sitz nieder, umarmte lachend ihre Schwester und drückt ihr einen Kuss auf die Wange. Hailey küsste sie ebenfalls und sprudelte darauf los. „Na wie geht es dir kleine Schwester? Wie läuft es an der Uni, kannst du dich vor den Männern retten? Und was machen die Pferde? Was reitest du für welche im Unterricht? Und wie ist deine neue Mitbewohnerin... Chrissy heisst sie, richtig? Du musst mir einfach alles erzählen, hörst du?" „Langsam langsam. Also der Reihe nach. An der Uni ist alles super, ich komme da so gut mit, dass ich meine Ferien auch wirklich geniessen kann und ich in meinen Ferien nicht zu lernen brauche. Alle meine Arbeiten habe ich bereits abgeschlossen und eingereicht. Ich habe also viel Zeit für mich und für alle, die ich noch besuchen will. Also natürlich will ich Dani ein oder zwei Fragen stellen und ihr meine eine Arbeit zeigen. Aber mehr wirklich nicht." Laura lernte sehr ring, arbeitete aber auch hart unter der Woche. Somit blieb ihr trotz allem genug Freizeit. Mehr als den meisten anderen. „Die Männer, na ja. Es gibt da zwei, die interessiert sind an mir. Marc und Tobias. Mit Tobias habe ich mich ein paar Mal unterhalten, er ist in meinem Jahrgang. Mit Marc war ich bisher fünf Mal aus. Die beiden sind ganz nett." „Nett?", unterbrach Hailey sie. „Das sind ja nette Aussichten." Das Wort „nett" betonte Hailey dermassen ironisch, dass Laura ihre Schwester verdutzt ansah. Dann brachen beide in schallendes Gelächter aus. Als sie sich wieder beruhigt hatten, schlug Laura einen ernsten Ton an. „Weisst du Hailey, ich möchte mich irgendwie nicht in eine feste Beziehung stürzen. Marc hat mir gestern geschrieben, ob wir uns in der zweiten Ferienhälfte sehen. Ich würde ihn schon gerne wieder sehen. Doch wer weiss wohin es mich nach meinem Studium schlägt. Ich möchte auf nichts und niemanden Rücksicht nehmen müssen bei meiner Entscheidung, wo ich arbeiten will. Tönt das etwas zu abgedroschen?" „Nein überhaupt nicht. Ich verstehe dich sehr gut. Du bist niemandem etwas schuldig. Du kannst dich ja ganz unverbindlich mit Marc treffen. Aber du entscheidest, was richtig für dich ist." Laura sah ihre Schwester dankbar an. „Ach und ein Foto von Marc musst du mir auch noch zeigen, wenn ich nicht gerade am Auto fahren bin." „Zeig ich dir später bei dir zu Hause. Im Reitstall haben sie ein paar gute Pferde. Onyx ist mein Liebling, er ist ein dreizehnjähriger Wallach und gehört einer Pensionärin. Ich habe die Besitzerin vor etwa einem halben Jahr kennengelernt. Sie hat immer wieder einmal zu grosse Schmerzen, um ihn zu bewegen. Diese stammen von einem Autounfall. Dann darf ich ihn reiten." „Das hört sich doch gut an. Also ich meine nicht, dass die Besitzerin Schmerzen hat, sondern dass du ihr Pferd bewegen darfst. Kommt ihr ja sicherlich auch entgegen, oder?" „Ja. Sie sagt, sie hätte es lieber, wenn ich ihn reite, als einer von den Stall-Angestellten. Sie mag da nicht jeden", gab Laura leicht errötend zurück. „Und zu meiner Mitbewohnerin Chrissy, sie ist einfach die perfekte Mitbewohnerin. Von ihrem Musikstil mal abgesehen. Heavy Metal." Laura verzog das Gesicht zu einer Grimasse. „Oh, mein Gott", gab Hailey verständnisvoll zurück. Heavy Metal war ebenfalls nicht ihre Musik. „Aber sie reitet auch. Sehr gut sogar. Wir gehen drei bis vier Mal in der Woche zusammen laufen und werden im Frühjahr an einem der Halbmarathon teilnehmen. Ach ja, und wir haben am selben Tag Geburtstag." „Na, da hast du ja deinen Zwilling gefunden", grinste Hailey. „Aber im Ernst Laura. Nach dem dreijährigen Fiasko mit Amelie hast du es verdient, eine solche Mitbewohnerin zu bekommen."

Nachdem sie weiter über den Alltag in Haileys Praxis und im Krankenhaus gesprochen hatten, fragte Laura schliesslich vorsichtig, doch voller Hoffnung: „Darf ich heute Escape reiten?" Hailey liess sie immer ihr Pferd reiten, deswegen ging sie davon aus, dass sie den Wallach auch dieses Mal wieder bekam. Trotzdem besass sie genug Anstand, um zu fragen. „Nein. Heute nicht Laura." „Aber du weisst doch, dass ich die Schulpferde langweilig finde", kam es etwas enttäuscht von Laura. Hailey glaubte sogar, einen kleinen Vorwurf aus ihrer Stimme heraus zu hören. Sie zog eine Augenbraue hoch, sah zu ihrer Schwester hinüber und antwortete: „Ach, und ich soll sie nicht langweilig finden?" „Du darfst doch jederzeit eines der Gestütspferde reiten. Das hast du doch immer getan, wenn du mir Escape geliehen hast!" „Ja, aber heute weiss ich etwas Besseres. Warte nur ab", entgegnete ihr ihre Schwester mit einer geheimnisvollen Miene.

Das Gestüt, bei welchem Hailey ihr Pferd eingestellt hatte, war in der Nähe von ihrer eigenen Wohnung. Zum Haus ihrer Eltern waren es aber gute zwei Autostunden. Die beiden Schwestern hatten allerdings immer genug Gesprächsstoff und somit verging die Fahrtzeit wie im Fluge. Von Weitem war das Gestüt zu erkennen. Die Familie Oldham waren die Besitzer des Gestütes und züchteten seit über zwanzig Jahren erfolgreiche Sportpferde.

Kaum hatte sie den Wagen geparkt, gingen die beiden Schwestern zu Escape, um ihn zu begrüssen. Hailey hatte immer ein paar Karottenstücke für ihren Grossen, wie sie ihn manchmal nannte, in der Jackentasche. Dies wusste er mittlerweile und zupfte bereits an ihrer Jacke in der Hoffnung, er fände die Rüben. „Hey nicht so gierig Esc, die gibt es erst nach getaner Arbeit", lachte sie und zog Laura am Ärmel. „Komm, ich zeige dir jetzt, welches Pferd du heute reiten wirst." Die beiden gingen den Stallgang entlang an den Pensionären und an den Gestütspferden vorbei. Zur hinteren Stalltüre hinaus in den nächsten Stalltrakt, dorthin, wo die Verkaufspferde standen. Besser gesagt die Wallache und die Hengste, welche zum Verkauf ausgeschrieben waren. Die Hengste des Gestüts waren ebenfalls dort untergebracht. Die Stuten waren auf der anderen Seite in einem separierten Stall. Laura war etwas irritiert, doch Hailey blieb plötzlich vor einer Boxe stehen. An der Türe hing ein Schild mit dem Namen des Pferdes und seiner Abstammung. In der Boxe stand der dazugehörige schwarze Vollblut-Hengst, acht Jahre alt, aus einer sehr guten Blutlinie mit erfolgreichen Sportpferden. Zudem war der Hengst gekört und bekam für Exterieur, Gesundheit und Zuchtwert Bestnoten. „Black Arrow. Schönes Tier, nicht war?" „Er ist wunderschön, ja, aber wolltest du mir nicht mein Pferd für meinen heutigen Ritt zeigen? Das hier sind doch alles Verkaufspferde." „Ja, hier stehen die Verkaufspferde. Doch heute darfst du eines dieser Pferde reiten. Ihn hier nämlich", sagte Hailey und deutete auf den Hengst. „Wa-was?", fragte Laura un-gläubig. „Weisst du, die Oldhams kennen dich ja jetzt auch schon eine lange Weile, sie wissen, wie du reitest und mit Tieren umgehst. Deswegen darfst du ihn heute reiten. Einfach nur in der Halle, Peter wird dich unterrichten." „Wow. Danke Hailey, dass du dies für mich organisiert hast." „Danke nicht mir, sondern Peter", grinste sie, während Peter Oldham auf die beiden zulief. Er zeigte Laura, wo sich Black Arrows Putzzeug, seinen Sattel und sein Zaumzeug befanden. Sie stellte Unmengen an Fragen über den Hengst und er stand ihr geduldig Rede und Antwort. Bis Laura und Peter mit Black Arrow in die Halle kamen, hatte Hailey Escape bereits warm geritten und war nun dabei, ihn zu arbeiten. „Peter, kannst du mich korrigieren, während Laura den Hengst warm reitet? Ich hätte dringend wieder mal Stunden nötig." „Klar kein Problem." Hailey übergab Escape nach der kurzen Reitstunde der langjährigen Bereiterin vom Gestüt, um ihn abzureiten, und danach zu versorgen. Normalerweise machte sie das alles selber, doch an diesem Tag wollte sie Laura dabei zu sehen, was Black Arrow und sie für ein Paar abgeben würden. Lauras Reitstil verbesserte sich ständig. Der Unterricht während des Semesters tat ihr sichtlich gut und Hailey dachte bei sich, dass sie einen hervorragenden Reitlehrer habe. Ihre Hilfen waren sehr feinfühlig und sie liess sich auch nicht aus der Ruhe bringen von Black Arrows Hengstgehabe und seinem ausprobieren, wie weit er denn nun bei ihr gehen könne. Hailey selbst hatte ihn ein paar Mal geritten, um mitentscheiden zu können, ob Laura mit ihm zu Recht kommen würde.

Ihre Schwester war hin und weg von dem Tier und hätte den Hengst am liebsten gleich selber gekauft, doch das Geld dafür hatte sie als Studentin nicht. Zudem erfuhr sie von Peter, dass das Pferd bereits eine vielversprechende Interessentin hätte.

Schweigend fuhren sie zu Haileys Wohnung, wo sie sich umziehen und etwas essen konnten. Hailey ging in die Küche, während Laura noch unter der Dusche stand. Doch bevor sie sich an die Zubereitung des Essens machte, schrieb sie ihrer Mutter eine Nachricht: „Er gefällt ihr, sie sind jetzt schon ein gutes Team." Kurzum kam die Antwort ihrer Mutter. „In Ordnung, dann werden wir alles vorbereiten, es soll ja schliesslich perfekt werden." Hailey wunderte sich immer wieder, wie schnell ihre Mutter mit dem Beantworten einer Nachricht war, wenn es um Laura ging. Jedoch kein danke für deine Bemühungen, nichts dergleichen. „Aber warum auch. Es ist wie immer alles selbstverständlich", dachte sich Hailey, während sie die Pfanne auf die Herdplatte stellte.

Den Nachmittag verbrachten die beiden in den verschiedensten Läden, probierten Kleider und Schuhe an und kauften auch einiges davon.

Später fuhr Hailey Laura nach Hause, nachdem sie im 'Steakhouse' zusammen zu Abend gegessen hatten. „Es war ein wundervoller Tag Hailey. Danke für alles." „Mich hat es gefreut, dich wieder zu sehen kleine Schwester", gab Hailey zurück und umarmte sie zum Abschied. Laura hätte sie gerne hinein gebeten, doch sie spürte, dass ihre Schwester ihre Eltern heute nicht sehen wollte. Das Verhältnis zwischen den beiden Parteien war immer ein wenig angespannt.

Nachdem Laura ihren Eltern von ihrem Tag mit Hailey vorgeschwärmt hatte, ging sie in ihr Zimmer und schrieb Chrissy eine Nachricht: „Hast du Zeit zum Telefonieren, oder schläfst du schon?" Keine Minute später rief Chrissy sie an. „Ich bin noch nicht am Schlafen und habe Zeit", lautete ihre Begrüssung. „Erzähl, was gibts Neues bei dir?" Laura erzählte ihr von dem ganzen Tag, den sie mit ihrer Schwester verbracht hatte und vom Vortag, als Ethan sie nach Hause fuhr. Zu guter Letzt wird Chrissy von Laura noch einmal eingeladen und die beiden einigen sich darauf, dass diese vom nächsten Sonntag bis zum Mittwoch bei ihr verbringen wird.

Besorgte Eltern
Samstag 21.12.2019

Das eine Foto, welches sie mit ihrer Schwester und ihrem Pferd zeigte, war relativ neu, aber die anderen zum Teil über dreissig Jahre alt. Da diese immer in der Dunkelheit gelegen hatten, waren sie nicht einmal gross verblasst. Lächelnd betrachtete Hailey die Fotos von ihren Abenteuern mit ihren Urgrosseltern. Für wenige Minuten schwelgte sie in der Vergangenheit und vergass den Tag zuvor. Besser gesagt, sie verdrängte ihn.

Sie schrak auf, als ihr Handy zu vibrieren begann. Ihr Herz machte einen Aussetzer, als sie sah, dass es wieder ihre Mutter war. Doch diesmal nahm sie das Telefongespräch an. „Mom, ich habe leider nicht viel Zeit. Was gibts denn?" „Hailey, Laura ist verschwunden." „Wie, verschwunden. Was meinst du damit?" Haileys Körper spannte sich an und sie hörte ihre Mutter am anderen Ende der Leitung schluchzen. „Du weisst doch, dass wir gestern an ihrem Geburtstag am Geschäftsanlass von Jackson waren. Wegen des neuen Teilhabers und späteren Nachfolgers. Ich hatte es dir erzählt. Deswegen feiern wir heute Abend Lauras

81

Geburtstag nach und ihr Geschenk hat sie bereits bekommen, wie du weisst. Wir kamen erst nach drei Uhr nachts nach Hause und wollten sie nicht aufwecken. Heute haben wir etwas länger geschlafen als sonst, aber als wir aufgestanden sind, war sie nicht mehr da. Das Bett war gemacht und ans Telefon geht sie auch nicht."

Erleichtert lösten sich Haileys Muskeln wieder. „Mom, Laura wollte euch wahrscheinlich heute Morgen schlafen lassen. Vermutlich hat sie euch in der Nacht gehört. Ihr habt sie nicht mehr geweckt oder wolltet es zumindest vermeiden. Black Arrow und Escape haben heute frei, ich denke nicht, dass sie auf dem Gestüt ist. Sie wird irgendeine Freundin besuchen oder spazieren gegangen sein. Und sie wird vergessen haben, euch eine Nachricht zu hinterlassen und ihr Handy auf laut zu schalten. Sie ist etwas chaotisch, ihr kennt sie doch. Spätestens zum Abendessen ist sie wieder zu Hause. Sie hat mir erzählt, dass ihr sie in das 'Bleeding Horse' eingeladen habt. Sie liebt dieses Restaurant und das lässt sie sich bestimmt nicht entgehen." Dies beruhigte ihre Mutter, denn sie wusste nur zu gut, dass Hailey recht hatte und Laura in dieser Hinsicht wirklich unzuverlässig und chaotisch war. Das war sie schon immer gewesen. Sie verabredete mit Hailey, dass sie sich kurz bei ihr melden würde, wenn Laura nach Hause kam.

Haileys Freund Ethan versuchte, seine Augen zu öffnen. Er spürte sein Herz rasen. Sein Kopf fühlte sich an, als ob jemand darin sass und mit beiden Händen abwechselnd mit je einem Hammer gegen den Schädel hämmerte. „Und ein weiterer Jemand bringt meine Gehinrmasse mit einem Rührstab tüchtig durcheinander. Mein Gehirn ist doch kein Kuchenteig." Diese Gedanken waren die einzigen, die er zustande brachte. Sein verschleierter Blick wanderte zu seiner Hand, die eine leere Flasche Rum umschloss. So schlief Ethan, halb sitzend, halb liegend, wieder ein.

Seit Freitagmittag hatte Hailey ausser Kaffee nichts mehr zu sich genommen. Ihr Magen begann langsam zu rebellieren. Sie mochte gar nichts essen, doch sie wusste, dass sie bei Kräften bleiben sollte. Sie musste ihren Brief einfach bis zum Ende schreiben, egal wie schwer es ihr fiel. Also holte sie eine Dose Thunfisch aus der Speisekammer, schob ein vorgebackenes

Fladenbrot in den Backofen und bereitete sich dann ein Thunfischsandwich zu. Dazu eine grosse Tasse Milchkaffee. Damit setzte sie sich in ihr Wohnzimmer an den riesigen Esstisch und schaute aus dem Fenster. Es war Mittag geworden und der Schneesturm tobte noch immer. In ihrer Wohnung war es wohlig warm, doch die eisige Kälte, die sie umschloss, kam tief aus ihrem Innern. Da half auch das warme Getränk nichts. Gedankenverloren biss sie in ihr Sandwich. Normalerweise liebte sie Thunfischsandwiches mit Milchkaffee, doch heute schmeckte ihr weder das eine noch das andere. Dennoch zwang sie sich, alles aufzuessen und auszutrinken. Dann räumte sie das Geschirr in die Spülmaschine und ging ins Bad.

Sie spritze sich abwechselnd kaltes und warmes Wasser ins Gesicht in der Hoffnung, dieses Traumgefühl würde verschwinden. Doch es half nichts. „Los jetzt Hailey, du musst weiterschreiben", trieb sie sich selbst an und ging dann wieder zu ihrem Sekretär. Dort rollte sie ihren Bürostuhl beiseite und setzte sich diesmal auf ihren schwarzen Gummiball. Auf einer neuen Seite schrieb sie weiter.

Schwierige Zeiten

Nach dem Tod meiner Urgrosseltern begannen auch die Karrieren meiner Eltern. Mein Dad arbeitete (heute noch immer) für eine Firma, welche Elektroflugzeuge herstellte. Er war in der Entwicklungsabteilung tätig und tüftelte an der Steuerung für ein ganz neues Flugzeug herum, wie er mir erklärte. Genaueres erzählte er mir nicht, ich würde es sowieso nicht verstehen, meinte er nur. Ich meinte, ich hätte gerne zugehört bei näheren Erzählungen. Sei es auch nur, um mehr Zeit mit meinem Dad zu verbringen. Doch diese Gedanken behielt ich für mich. Meine Mom hingegen war sprachlich sehr begabt, sie übersetzte Bücher für mehrere Verlage von Englisch auf Spanisch, Französisch und Italienisch. Nebenher gab sie auch noch privaten Sprachunterricht. Sie erwähnte einmal, dass sie nicht verstehen könne, warum ich als Klassenbeste keine Einsen schreiben würde in den Sprachen. Es war keine Wut hinter ihren Worten, nur Unverständnis.

Ich hätte mir gewünscht, dass ich von meinen Eltern etwas mehr geschätzt und wahrgenommen werde, wenn schon nicht als Mensch, dann wenigstens als gute Schülerin. Aber ein Lob kriegte ich nie für gute Zensuren. Das war für sie selbstverständlich. Zu selbstverständlich.

Zu alledem war ich viel alleine. Ich hätte zwar Schulkolleginnen mit nach Hause bringen dürfen, doch deren Eltern meinten, sie wollen nicht, dass wir alleine bei uns zu Hause wären. Selbst wenn ich gut mit dem vielen allein sein zurechtkam, so wünschte ich mir wirklich, wir hätten mehr zusammen unternommen als Familie. Doch dies blieb leider beim wünschen und davon träumen.

Ich kam mit allen meinen Mitschülern gut klar, meine beste Freundin jedoch war damals schon Danielle. Mit ihr durfte ich ab und an mit, wenn ihre Eltern mit ihr und ihren beiden Brüdern einen Ausflug machten. Wir waren in Freizeitparks, Tierparks oder auch einfach mal picknicken in der Wildnis. Damals lernte ich, wie ein richtiges Familienleben aussah. Es wurde viel zusammen gelacht, aber auch streiten unter den Geschwistern gehörte dazu. Von den Eltern in den Arm genommen werden. Gelobt, wenn man etwas gut macht oder auch mal getadelt, wenn es einmal nicht so gut war.

Danielle durfte immer Geburtstagsparties bei sich zu Hause feiern. Als sie zehn Jahre alt wurde, ihren ersten Runden Geburtstag, durfte sie nicht wie sonst sechs Freundinnen und Freunde einladen. Sondern so viele sie wollte. Sie lud die ganze Klasse ein und aus dem Basketballteam, indem wir beide spielten, auch noch einmal fünf. Somit waren wir zweiundzwanzig. Meine Urgrosseltern waren damals noch nicht so lange tot und es war der erste Nachmittag, der mir wieder richtig Spass machte und ich herzlich lachen konnte. Es gab kleine Pizzas, die wir selbst belegen durften, Kuchen, Eistee, Süssigkeiten und ganz viele Spiele. Bei jedem konnte man etwas gewinnen. Das Beste daran war, dass alle etwas bekamen. Der Erstplatzierte durfte zuerst vom Gabentisch auswählen, was er haben möchte, dann der Zweitplatzierte, der Drittplatzierte und so weiter.

Als ich nach Hause kam, vollbepackt mit den Geschenken aus den Spielen und Kuchen, der über war, strahlte ich förmlich. Selbst meinen Eltern entging dies nicht und meinten zu mir, dass es wohl einen wunderschönen Nachmittag gewesen wäre. Dies war das erste Mal, dass sie mich mit echtem Interesse nach meinem Befinden gefragt haben. Darüber war ich dermassen erfreut, dass ich voll darauf los sprudelte. Ich erzählte in einer Rede vom ganzen Nachmittag und hielt nur an, um Luft zu holen. Am Ende meiner Erzählung fragte ich dann, ob meine Eltern wohl auch eine Party machen würden für mich an meinem zehnten Geburtstag. Gleich darauf schickte ich hinterher, sie müsse nicht so gross sein wie die von Danielle. Mom und Dad jedoch versprachen mir, eine prächtige Party zu organisieren, und ich dürfe ebenfalls wie Dani so viele Freunde einladen, wie ich möchte.

Nachdem ich mit meinen Eltern die Zeit ausgehandelt hatte, das Datum (mein Geburtstag) war klar und fiel zu meiner Freude auch auf einen Sonntag, machte ich mich am folgenden Tag voller Freude daran, Einladungskarten zu basteln. Und zwar für alle siebzehn, die ich einladen wollte. Jede wurde ein Unikat und schon bald hatte ich alle fertig und verteilte sie sogleich, auch wenn es noch einige Zeit hin war, bis zu meiner Party. Mein erstes eigenes Geburtstagsfest. Wie ich mich darauf freute.

Und dann war er da. Mein zehnter Geburtstag. Etwas ganz Besonderes sollte er werden. Als ich aufwachte und auf meine Uhr blickte, zeigte sie zehn Uhr. Schnell zog ich mich an, kämmte mir mein langes Haar und rannte die Treppe hinauf in die Küche. Mein Zimmer war im Untergeschoss, doch hatte es eine Türe mit Terrasse. Es war also sehr hell, gemütlich und hatte auch etwas Mysteriöses, denn der Wald war ganz in der Nähe und fast sah es so aus, als lebten wir am Waldrand. Meine Eltern waren etwas hektisch, ich dachte, es wäre wegen meines Geburtstags. Doch als ich mich hinsetzte, um zu frühstücken, sagte mir meine Mom, sie hätten gestern Abend spät eine Einladung zum Mittagessen erhalten von Jackson, dem Chef meines Dads. Dies wäre wichtig und sie müssten da hin. Ich starrte sie beide an, nicht in der Lage, um nach meiner Party zu fragen. Ich war nicht im Stande, überhaupt etwas von mir zu geben. Mein Bissen Rührei plumpste von der Gabel, während ich diese sinken liess. In diesem Augenblick klingelte es an der Haustüre. Dad meinte, er gehe die Türe öffnen. Ich lief im nach in die Eingangshalle und blieb dann etwas weiter hinten stehen. Mein Dad öffnete die Haustüre und Jenny schoss fröhlich an ihm vorbei auf mich zu, umarmte mich und trällerte eine Kurzfassung eines Geburtstagsliedes. An meine Eltern gewandt sagte sie, dass sie dachte, sie komme früher, um bei den letzten Vorbereitungen zu helfen. Meine Eltern starrten erst sie und dann sich an. Jenny, die sofort begriff, dass da etwas schief lief, packte ein Geschenk aus ihrem Rucksack aus und sagte zu mir „Hailey, geh in dein Zimmer und pack schon mal aus."

Wortlos ging hinunter in mein Zimmer, stellte ihr Päckchen auf meinen Sekretär und setzte mich auf mein Bett. Ich hörte, wie Jenny meine Eltern anschrie, doch was genau sie sagte, konnte ich nicht verstehen. Auf alle Fälle war klar, dass meine Eltern nicht nur meine Party, sondern überhaupt meinen Geburtstag vergessen hatten. Ein „normales" Kind hätte seine Eltern immer wieder daran erinnert. Aber ich war nicht normal. Ich war immer darauf bedacht, meinen Eltern keinen Ärger zu machen, sie nicht zu nerven und überhaupt meistens so zu leben, als wäre ich gar nicht da.

Meine Patentante Jenny war ein Organisationstalent. Als Erstes zwang sie meine Eltern, sich erst bei mir zu entschuldigen und mir dann zu gratulieren.

Danach schickte sie sie weg. Ich glaube, sie spürte, dass ich sie in dieser Situation nicht um mich haben wollte. Zu mir gewandt sagte sie „wir kriegen das schon hin, Süsse. Geh und mach dich fertig, bald kommen deine Gäste". Kurzerhand organisierte sie einen Kleinbus inkl. Chauffeur, ich hatte keine Ahnung, wo sie den auftrieb, rief in einem Freizeitpark an, sie sollen etwas zusammenstellen für einen Kindergeburtstag. Dann rannte sie im ganzen Haus umher wie ein gehetztes Tier und stellte innerhalb einer kurzen Zeit ein Willkommensapéro für meine Gäste und deren Eltern zusammen. Für die Eltern gab es Sekt, Wein oder einen Sherry und für uns Kinder Saft. Orangensaft oder Mangosaft hatten wir zur Auswahl da. Als alle versammelt waren und die Eltern sich schon zu wundern begannen, hielt Jenny eine kleine Ansprache. In der erwähnte sie, dass sich ein familiärer Notfall zugetragen habe, deswegen fände die Party in dem Freizeitpark statt. Da Jenny als Erwachsene mit dabei war, ebenso der Chauffeur, war dies für die Eltern meiner Gäste kein Problem. So wurde aus dieser Misere doch noch ein wunderschöner Tag ohne meine Eltern. Trotzdem, ich habe ihnen das nie richtig verziehen und wollte von da an keinen meiner Geburtstage mehr mit ihnen feiern.

Hailey ballte die Hand zu einer Faust, löste sie wieder, streckte die Finger und schüttelte dann die Hand, um sie etwas zu lockern. Langsam wurde es draussen dunkel, obwohl es erst früher Nachmittag war. Sie dachte an Laura, ob sie schon wieder zu Hause sei. Kurzerhand tippte sie eine kurze Nachricht in ihr Handy. „Laura, bist du wieder zu Hause? Mom und Dad machen sich Sorgen um dich. Und das 'Bleeding Horse' willst du ja sicherlich nicht verpassen oder?" Sie machte einen grinsenden Smiley dahinter und schickte die Nachricht an ihre Schwester ab. Als sie eine Stunde später noch immer keine Antwort auf ihre Nachricht erhalten hatte, begann sie sich ernsthaft zu sorgen. Doch dann zwang sie sich, erst noch etwas weiter zu schreiben, bevor sie ihre Eltern anrufen würde.

Laura

Eines Abends, ich war gerade dreizehn Jahre alt geworden, kam ich vom Basketballtraining nach Hause. Die Eltern von Danielle setzten mich jeweils bei uns vor der Türe ab. Meine Eltern hörten mein „Hallo" nicht, als ich zur Haustüre hereinkam. Die Küchentür war nur angelehnt und ich konnte jedes ihrer Worte verstehen. Ich wollte sie schon aufdrücken, da hörte ich meine Mom sagen, dass sie sich ein Mädchen wünsche. Mein Dad antwortete, sie hätten eines, worauf meine Mutter zurückgab, dass dieses aber gewünscht und geplant sei. Unfähig mich zu rühren vor Schock und Schmerz, stand ich ganz still da, weiterhorchend. Ein Junge solle es diesmal werden, flötete mein Dad. Beide lachten. Während ich sie in meinem ganzen Leben noch nie so glücklich sah, respektive hörte, war ich noch nie so unglücklich. Mir stockte der Atem. Schliesslich schlich ich zur Haustüre hinaus, schloss sie hinter mir zu und klingelte. Als mein Dad mir öffnete, behauptete ich, ich hätte meinen Schlüssel vergessen. Ich erzählte den beiden, dass ich müde sei, und ging nach unten, um zu duschen. Dann schlüpfte ich in meinen Schlafanzug und ging ohne Abendbrot zu Bett. Ich war aufgewühlt. Sie wollten ein Kind. Eines zum Gernhaben. Warum waren sie nicht zufrieden mit mir? Warum konnten sie mich nicht gernhaben? Traurig über diese Worte, welche ich aus der Küche gehört hatte, weinte ich still vor mich hin. Meine Trauer jedoch verwandelte sich in ein Gefühl, welches ich bisher nicht kannte. Doch. Einmal war es da. An und nach meinem zehnten Geburtstag. Aber ich konnte es sehr gut verdrängen. Es war Wut. Diesmal ging dieses Gefühl weiter, es keimte richtig in mir auf. In dieser Wut malte ich mir aus, wie meine Mom eine Fehlgeburt hat, wie das Kind eine Behinderung hat, wie unvernünftig es sein wird und all der gleichen. Erschrocken über meine eigenen Gedanken und Gefühle vertrieb ich diese, indem ich mir sagte, dass eine Schwester oder ein Bruder ganz viele Vorteile für mich haben könnte. Diese Vorstellung hielt ich mir in den nächsten Monaten vor Augen. Meine Eltern sprachen nicht mit mir über Geschwister. Dies hatten sie vorher noch nie und taten es auch in den folgenden Wochen nicht.

Als meine Mom im fünften Monat schwanger war und sie es nicht mehr länger verheimlichen konnte, setzten sich meine Eltern mit mir an den Salontisch und erzählten mir, dass ich einen Bruder oder eine Schwester bekommen würde. Ich versuchte, erstaunt und erfreut zu klingen. Erfreut war ich tatsächlich, denn in meiner Fantasie habe ich mir ausgemalt, dass eine kleine Schwester oder ein kleiner Bruder alles verbessern würde. Ich musste ganz fest daran glauben.

Ab diesem Zeitpunkt half ich noch mehr im Haushalt, erledigte die Arbeiten meiner Mom wie einkaufen, waschen und manchmal übernahm ich sogar das kochen. Für meine Eltern war dies alles selbstverständlich. Hailey ist so ein verständnisvolles und liebes Mädchen. Das sagten sie in der Öffentlichkeit immer und zu allen. Ausser zu mir sagten sie dies nicht. Niemals. Aber wie es Hailey -mir- wirklich ging, das wussten sie nicht im Mindesten. Ich bin mir bis heute nicht sicher, ob sie es gar nicht wissen wollten. Oder ob sie dachten, es sei in Ordnung für mich, da ich nie etwas anderes behauptet hatte.

So kam es, dass ich bereits vierzehn Jahre alt war, als meine Mom ihr zweites Kind gebar. Es war ein Mädchen, es wurde auf den

Namen Laura getauft, nach der verstorbenen Mutter meiner Mom benannt. Da auch bei der Geburt mit Risiken und anschliessendem Aufenthalt in der Klinik zu rechnen war, wurde ich kurzerhand zu meiner Patentante Jenny verfrachtet. Gerne wäre ich zu Hause geblieben, denn gerade in dieser Zeit fehlte mir mein Grandpa sehr. In meinem Zimmer hätte ich wenigstens mein Erinnerungsstück an ihn gehabt. Doch dies wurde mir nicht gestattet und mein Dad bekam im Geburtshaus im Zimmer meiner Mom ein eigenes Bett, sodass er ganz für sie und Laura da sein konnte. Ich existierte für sie zu diesem Zeitpunkt weniger als je zuvor.

Jenny und ihr Mann Vince waren immer freundlich zu mir und zwischen dem Tod meiner Urgrosseltern und der Geburt von Laura unternahmen wir ab und an etwas zusammen.

Ab diesem 20.12.1996 drehte sich alles nur noch um Laura. Meine kleine Schwester, das Wunschkind meiner Eltern. Ich sah sie das erste Mal, einen Tag, nachdem meine Eltern mit ihr aus dem Krankenhaus heimgingen. Ich habe gehört, wie meine Patentante Jenny mit meinem Dad telefoniert hat. Hauptsächlich über Laura haben sie gesprochen, was für ein wundervolles Baby sie doch sei. Und ich habe auch gehört, dass mein Vater zu meiner Patentante sagte: „Ihr behaltet sie noch einen Tag länger bei euch, oder? Dann können wir uns in aller Ruhe einrichten." Mit „sie" war wohl ich gemeint. Ich war mir sicher, dass Jenny meinem Vater erklären würde, dass sie doch nicht so mit mir herumspringen könnten wie damals an meinem zehnten Geburtstag. Doch ihre Antwort schockierte und lähmte mich zutiefst. „Ja klar, ich verstehe schon, dass ihr euch jetzt erst mal um Laura kümmern wollt. Wir bringen sie dann morgen gegen Abend vorbei."

Ich verzog mich in das Gästezimmer, welches vom 18.12.1996 bis und mit dem 23.12.1996 mein zu Hause darstellte, und weinte still und leise vor mich hin. Schliesslich sollte mich niemand hören. Nach wie vor war ich darauf bedacht, niemanden zu stören, niemandem Kummer zu bereiten. Dies war so verinnerlicht in mir, ich konnte gar nicht anders.

Ein weiteres Mal keimte das Gefühl von Wut in mir auf. Und ein weiteres Mal schluckte ich dieses Gefühl hinunter. Denn das war doch nicht ich. Ich, Hailey, die immer allen half, immer ein Lachen auf den Lippen, immer freundlich. Doch von diesem Zeitpunkt an sah ich Jenny mit anderen Augen.

Am 24.12.1996 am Morgen sah ich Laura das erste Mal. Ein kräftiges kleines Ding, welches mich mit ihren grossen Augen ansah. Ab dem ersten Moment war ich total vernarrt in sie. Laura. Meine kleine Schwester.

An diesem Abend feierten wir so richtig den Heiligen Abend und von meinen Eltern wurde ich sehr grosszügig beschenkt. Ich dürfe ab sofort sogar Reitstunden nehmen und die Kosten würden sie alle übernehmen. Damals dachte ich, meine Vorstellungen wurden Wirklichkeit, mit Laura an meiner Seite wurde alles besser. Heute weiss ich, dass meine Eltern versucht haben, ihr schlechtes Gewissen mir gegenüber zu beruhigen.

Während und auch nach den Weihnachtstagen bekamen wir unheimlich viel Besuch. Alle wollten Laura sehen. Ich selbst hatte Ferien und nahm meinen Eltern immer noch sehr viel Arbeit ab. Denn jetzt mussten sie für Laura da sein. Dennoch blieb mir genug Zeit, um mich um mein Schwesterchen zu kümmern.

Laura wuchs viel zu schnell meiner Meinung nach. Ich liebte Babys. Bei meinen Eltern drehte sich alles nur um Laura. Ich denke, sie wollten nichts mehr verpassen. Nicht so wie bei mir damals. Als Laura in den Kindergarten kam, ging ich zur Uni. Ich habe mich dafür entschieden, dass ich kranken Menschen helfen möchte aus diesem Grund studierte ich Medizin. Wie konnte es auch anders kommen. Hailey, die immer hilfsbereit war. Meine Freundin Danielle ging auf eine andere Uni, sie studierte Jura. Trotz der Entfernung unserer Unis und Wohngemeinschaften verloren wir uns nicht aus den Augen. Während der Semester begnügten wir uns damit, zu telefonieren. Doch dies mindestens einmal in der Woche.

Somit waren wir immer im Bilde, was die andere gerade trieb und wen sie kennengelernt hatte. Auf welchen Parties sie war und mit welchen Männern sie aus war. In den Semesterferien gingen wir beide nach Hause zu unseren Eltern. Da diese sehr nahe beieinander wohnten, trafen wir uns fast täglich. Manchmal nahmen wir auch Laura, die mit jeden Semesterferien grösser und schöner wurde, mit in den Park oder auf einen Kinderspielplatz. Wir wollten quatschen und sie spielen. Danach gingen wir immer Kaffee trinken und Eis essen. Laura, Danielle und ich liebten diese Dreier-Ausflüge. Dani hätte gerne eine kleinere Schwester gehabt, doch sie wurde mit zwei Brüdern bestraft, wie sie dann immer lachend sagte.

Nach unseren erfolgreichen Abschlüssen bekam Danielle eine Anstellung bei der Kanzlei 'Jameson & Jameson'. Sie blieb dort drei Jahre und wechselte dann von der Verteidigung zur Anklage. Sie arbeitete sich bis zur Bezirksstaatsanwältin hoch und ist nun kurz davor, für die Bundesanwaltschaft vorgeschlagen zu werden. Jedenfalls wird dies gemunkelt. Ich würde es ihr von Herzen gönnen, sie macht ihre Arbeit prima, ist mit Leib und Seele dabei.

Ich selber habe im 'Killarny Community Hospital' mein Praktikumsjahr absolviert und war danach zwei Jahre als Assistenzärztin dort. Im 'University Hospital Kerry' war ich ein Jahr als Ärztin tätig, danach zwei Jahre als Oberärztin. Meine Freude galt am meisten den Kindern, deswegen habe ich vor Kurzem die Leitung der Kinderabteilung übernommen im 'St.James'. Ebenfalls konnte ich mir meinen Traum einer eigenen Praxis erfüllen, welche am Montag-, am Mittwoch- und am Donnerstagmorgen geöffnet hat.

Danielle kennt mich gut und sie fragt mich immer wieder einmal, was denn ab und zu mit mir los sei. Ich sei manchmal ziemlich komisch. Ich erzähle ihr dann, dass ich einen schlimmen Patienten habe oder Ähnliches. Dann muss ich nicht weiter reden, da das alles unters Arztgeheimnis fällt. Auch wenn sie so tut, als reiche ihr diese Antwort, so glaube ich, nimmt sie es mir niemals ganz ab. Ist eigentlich auch kein Wunder, schliesslich stimmt es nicht und Dani kennt mich nun seit über dreissig Jahren.

Laura hat ihre Schule erfolgreich beendet und studiert Jura. Sie eifert richtig Danielle nach. Nun, Ärztin hätte sie nicht werden können, gescheit genug wäre sie allemal, aber sie kann nicht einmal Blut sehen und wenn sie es sieht, geht es nicht lange und sie fällt in Ohnmacht. Das war immer schon so. Bereits während der Schulzeit hat auch sie gemerkt, dass sie bevorzugt wurde von unseren Eltern. Sie erwähnte es immer wieder einmal, wenn wir zusammen unterwegs waren. Ich versuchte, es jeweils herunter zu spielen, und erklärte ihr, dass sie wirklich ein tolles Kind war. Nicht nur als Schwester, sondern generell. Laura hat mich immer verehrt, deswegen nimmt sie mir meine Lügen auch ab. Mehr oder weniger jedenfalls.

Die Semesterferien verbrachte sie bisher immer bei unseren Eltern. Ich freue mich, dass sie kein grosser Reisefan ist, so können wir den Umständen entsprechend doch ziemlich viel Zeit miteinander verbringen.

Letzten Montag wollte ich Laura zusammen mit Ethan vom Bahnhof abholen. Leider wurde ich zu einem Notfall ins Krankenhaus gerufen. Es war ein schlimmer Tag, zu viele Ärzte standen im OP wegen Unfällen, deswegen wurde ich aufgeboten, obwohl ich eigentlich kein Pikettdienst hatte. Ich habe Ethan gebeten, sie alleine abzuholen, denn wenn ich meine Eltern angerufen hätte, so wäre dies wieder in einer Streiterei mit riesigen Vorwürfen ausgeartet. Ausserdem weiss ich, dass Laura Verständnis für meine Situation hat.

Allerdings hat Ethan am Abend eine komische Bemerkung über meine Schwester gemacht. Eigentlich sollte nichts dabei sein, wenn er „nur Gutes" über sie sagt. Doch der Unterton und seine Gesten dazu liessen mich irgendwie stutzen. Ich glaube, er entwickelt langsam Gefühle für sie. Ich bin kein eifersüchtiger Mensch und lasse ihm alle Freiheiten, doch dies ginge mir dann wirklich etwas zu weit. Na ja, mal sehen, vielleicht bilde ich es mir wirklich nur ein.

Nachdem mich am Montagabend Mom natürlich noch einmal anrufen musste, um mir einzuschärfen, dass auch wirklich alles klappen müsse am anderen Tag, kam dann endlich der lang ersehnte Dienstag. Das Wiedersehen mit Laura. Ich habe sie bei unseren Eltern abgeholt und wir fuhren zum Gestüt der Oldhams. Sie war total begeistert von Black Arrow, was ich auch verstehe. Er ist ein wundervoller Hengst, ich selbst habe ich ihn schon ein paar Mal geritten. Er ist das wertvollste Tier, welches im Moment auf dem Gestüt steht. Für Laura nur das Teuerste.... wie immer. Doch mag ich ihn ihr von Herzen gönnen, sie sind/werden ein tolles Team. Ich denke auch, dass sie ihn den Oldhams exklusiv als Deckhengst zur Verfügung stellen wird. Eigentlich sollte er ja gar nicht verkauft werden. Mom und Dad müssen der Familie das Blaue vom Himmel versprochen und einen immensen Preis für ihn geboten haben. Na ja, mir solls recht sein. So werde ich sie in den Ferien noch mehr sehen, sie wird ihn bestimmt jeden Tag sehen wollen, wenn sie hier ist.

Nach unserem Ritt assen wir bei mir zu Hause zu Mittag und den Nachmittag verbrachten wir in altbekannten, aber auch neuen Boutiquen und sonstigen Geschäften. Voll bepackt mit Einkäufen brachte ich sie dann schliesslich am Abend nach Hause, nachdem wir einen Halt beim 'Steakhouse' eingelegt hatten. Wir beide lieben Tiere, doch auf Fleisch wollen wir ebenfalls beide nicht verzichten.

Geburtstagsgeschenk
Freitag, 13.12.2019

Nachdem Laura den Donnerstag mit ihren alten Freunden verbracht hatte und ziemlich lange aus war, wollte sie am Freitag ausschlafen und bat ihre Eltern, sie nicht zu wecken. Selbstverständlich gingen diese darauf ein, allerdings mit der Bedingung, dass Laura mit ihnen zu Mittag ass und den ganzen restlichen Tag für sie freihielt. Sie hätten eine Überraschung für sie geplant. Es ginge um ihr Geburtstagsgeschenk. Henry und Rita bestanden darauf, dass Laura es bereits eine Woche vor ihrem Geburtstag erhielt. Doch alles kam dann etwas anders.

Bereits um sieben Uhr in der früh hörte sie es im Haus poltern und kurz darauf ihren Vater fluchen. Hellwach lief sie aus ihrem Zimmer zu ihrem Vater. Er war die Treppe hinunter gestürzt und hielt mit der rechten Hand seufzend den Arm. Das linke Handgelenk und die Hand sahen verdreht aus. Laura wurde mulmig und sie musste sich abdrehen. Ihre Mutter kam bereits mit Eis in einem Tuch eingewickelt zurück und bestand darauf, dass er es sich um Hand und Handgelenk legte. Laura wollte Hailey anrufen, doch ihr Vater hielt sie energisch davon ab. Die wäre in ihrer Praxis und hätte keine Zeit. Rita würde ihn nachher ins Krankenhaus fahren. Doch erst müssten sie noch etwas klären, während Laura sich kurz unter die Dusche stellte und dann anzog.

Als sie in die Küche kam, sassen ihre Eltern am Tisch mit einem grossen Kuvert in der Hand. Um das Kuvert war eine Schleife gewickelt. „Setz dich bitte", sagte ihre Mutter und schenkte ihr eine Tasse Kaffee ein. Henry achtete darauf, dass Handgelenk und Hand unter dem Tisch blieben. Er wusste, wie empfindlich seine Tochter diesbezüglich war. „Danke", erwiderte Laura und liess sich auf ihrem Stuhl nieder. „Schau mal Laura, wir haben dir dein Geburtstagsgeschenk heute versprochen", doch Laura unterbrach ihren Vater: „Das kann doch auch warten, sieh du jetzt zu, dass deine Hand wieder hergestellt wird." Doch ihr Vater blieb hartnäckig: „Nein, das wartet jetzt nicht. Wir haben vorhin Ethan angerufen, er wollte sowieso heute Morgen noch etwas mit mir besprechen wegen einer neuen Technik. Somit haben wir ihn gebeten, dich zu deinem Geschenk zu begleiten. „Oh nein, nicht Ethan", dachte Laura bei sich und hoffte gleichzeitig, dass ihre

Eltern ihr dies nicht ansahen. „Ich dachte, dies wäre mein Geschenk", sagte sie und deutete auf das Kuvert mit der Schleife. „Ach so ja, das sind aber nur die Papiere dazu", gab ihre Mutter zurück und überreichte ihr den Umschlag. Schnell öffnete sie die Schleife und riss das Kuvert auf. Darin befand sich ein Klarsichtmäppchen mit zwei Dokumenten. Auf dem ersten stand gross „Besitzurkunde", darunter ihr Name. Sie las gar nicht weiter, sondern betrachtete gleich das zweite Dokument. Es waren die Herkunftspapiere eines Pferdes. Es war der Stammbaum von Black Arrow, dem Hengst, den sie letzten Dienstag reiten durfte. Laura sass wie erstarrt ich ihrem Stuhl. Sie konnte es nicht fassen. Das Pferd sollte ihr gehören? „Ihr schenkt mir Black Arrow? Es war kein Zufall, dass ich ihn am Dienstag reiten durfte, oder?" „Ja, wir fanden, dass du auch dein eigenes Pferd haben solltest, wenn Hailey schon eines hat." Laura, die ihr Glück immer noch nicht fassen konnte, flog ihren Eltern in die Arme. Sie fand fast keine Dankesworte.

Danach drängte sie ihre Mutter, ihren Vater endlich in das Krankenhaus zu fahren. Sie käme schon alleine zu Recht und ausserdem würde Ethan sie später zu ihrem Pferd fahren. Bis dahin hatte sie jedoch noch viel Zeit.

Aufgekratzt wie sie war, beschloss sie, Hailey anzurufen. Diese nahm beim zweiten Klingeln ab. „Hallo Laura, du bist aber früh aus den Federn. Wolltest du nicht ausschlafen?" „Hailey, Dad ist gestürzt. Seine Hand ist komplett verdreht. Sein Handgelenk ebenfalls. Es sieht ekelhaft aus." „Soll ich kommen?" „Nein, sie wollten nicht, dass ich dich anrufe. Mom bringt ihn ins Krankenhaus. Aber sie bestanden darauf, dass sie mir erst mein Geburtstagsgeschenk überreichen durften, und haben auch schon Ethan gebeten, mich am Nachmittag aufs Gestüt zu fahren." „Oh", kam es etwas kurz angebunden von Hailey. Doch dann riss sie sich zusammen und schickte gleich hinterher: „Und? Was sagst du zu deinem schwarzen Geschenk?" „Er ist toll, Hailey, doch ich befürchte, er war für ein normales Geburtstagsgeschenk viel zu teuer. Nein, ich muss mich verbessern, ich befürchte es nicht, ich weiss es." „Ach, mach dir doch darüber keine Gedanken. Sie wollten dir eine Freude machen und du und Black Arrow passt wirklich sehr gut zusammen. Morgen musst du mir dann mehr erzählen, ja? Ich gehe leider erst heute Abend zu Escape." „Das mache ich gerne. Dann bis morgen. Ich freue mich."

Am nächsten Abend wollten Laura, Hailey, Ethan, Danielle und Ron zusammen essen gehen. Danielle war für Laura ein berufliches Vorbild und diese freute sich, wenn sie ihr helfen und Unmengen an Fragen beantworten konnte. Ron war Danielles Ehemann. Er war Neurowissenschaftler und neben seinen Forschungsprojekten an der Uni als Dozent tätig. Er war immer zu Sprüchen und Sticheleien aufgelegt, doch wusste er sehr genau, wann er damit aufhören musste. Hailey mochte ihn vom ersten Tag an, als Danielle ihn ihr vorgestellt hatte, und fungierte mit Freuden als Trauzeugin bei deren Hochzeit.

Nach diesem Telefonat rief Laura Chrissy an. Sie musste ihr unbedingt von Black Arrow und den neusten Geschehnissen erzählen. Chrissy freute sich riesig mit ihr, vor allem weil sie das Tier bald selber persönlich kennenlernen durfte. Zum Thema Ethan riet sie ihr, dass sie Distanz zu ihm halten soll, sollte es ihr in seiner Nähe wieder unwohl werden.

Aus dem Krankenhaus bekam sie eine Nachricht von ihrer Mutter. „Dad muss operiert werden. Ich werde hier bei ihm bleiben und am Nachmittag nach Hause fahren und uns ein paar Kleider etc. holen. Ich darf bei ihm auf dem Zimmer schlafen. Er wird bis am Sonntag bleiben müssen. Du kommst zurecht?" „Mom, sag ihm gute Besserung und gib ihm einen Kuss von mir. Das Abholen von Chrissy am Sonntag organisiere ich selber, dann musst du nicht auf uns schauen. Gibst du mir Bescheid, wenn er wieder wach ist?"

Rita sendete ihrer Tochter ein Daumenhoch-Smiley und wandte sich wieder ihrem Mann zu und gab ihm einen Kuss auf die Stirn: „Der ist von Laura, sie wünscht dir gute Besserung." Henry seufzte. „Ich wünschte, ich könnte sie heute Nachmittag begleiten." „ Das geht nun einmal nicht, wir werden sie noch oft hoch zu Ross sehen können. Und Ethan wird uns würdig vertreten." Er nickte.

Um elf Uhr klingelte es an der Haustüre. Laura schaute auf die Kamera, welche den Eingangsbereich zeigte. Es war Haileys Freund. „Was zum Geier macht der denn schon hier?", murmelte sie etwas genervt vor sich hin, doch dann ging sie langsam zur Türe und öffnete ihm. Sofort umarmte er sie und streckte ihr eine Tüte entgegen. „Sushi", sagte er nur und ging an ihr vorbei in die Küche, als ob es das selbstverständlichste auf der Welt wäre. „Ach Ethan, ich habe gar keinen grossen Appetit." Doch er erwiderte nur, dass sie unbedingt etwas essen müsse, schliesslich müsse sie bei Kräften bleiben. Etwas lustlos ass sie den mitgebrachten rohen Fisch. Eigentlich liebte sie Sushi, doch heute schmeckte es ihr nicht. Sie wollte nicht mit Ethan zusammen essen. Es fühlte sich falsch an.

Zur gleichen Zeit knabberte Hailey an ihrem Käse-Schinken-Sandwich, während sie an ihrem Computer die Patientenberichte ins Reine schrieb. Normalerweise machte dies ihre medizinische Assistentin Sally, doch heute hatte sie ihr frei gegeben, da deren Tochter Nina krank war und ihr Mann konnte sich bei der Arbeit auch nicht loseisen.

Heute jedoch war sie nicht so hoch konzentriert wie sonst, sondern ihre Gedanken schweiften immer wieder zu Ethan und ihrer Schwester. Von ihm hatte sie vorhin eine Nachricht erhalten mit einem Foto von den Sushis, welche er

Laura zum Lunch mitbrachte. Dazu schrieb er: „Lauras Stärkung vor ihrem grossen Ritt." Hailey antwortete nur mit: „Guten Appetit euch beiden", und legte dann ihr Handy weg. Warum hatten ihre Eltern bloss Ethan gefragt, wollten sie ihr eins auswischen? Nein, das konnte nicht sein. Sie schüttelte den Kopf, wie um die Gedanken los zu werden, und wandte sich dann wieder ihren Berichten zu.

Rodney und Johanna wurden von Jackson in sein Büro zitiert. Jackson war bereits in den Siebzigern und wollte seine Firma endlich in guten Händen wissen, falls er plötzlich krank wurde. Da er weder Kinder noch sonstige Verwandten hatte, welche dafür infrage kämen, hatte er sich drei Personen aus seiner Firma ausgewählt, die er in dieser Position sehen würde. Rodney Lindberg, Johanna Ryan und Henry Arlington. Da alle drei sehr gute Arbeit leisteten und in etwa denselben Erfolg vozeigen konnten, beschloss er, die Entscheidung spontan zu treffen. Dafür lud er alle Angestellten auf sein Anwesen ein. Am Freitag, den 20.12.2019.
Jackson war kein Mann der vielen Worte und so bot er Johanna und Rodney nicht an, sich zu setzen. Er schloss die Türe und

sagte nur: „Ich muss euch darüber informieren, dass Henry einen Unfall hatte. Er hat Hand und Handgelenk gebrochen. In der Zeit, in der er nicht hier ist, werdet ihr seine täglichen Aufgaben unter euch aufteilen." Er sah, wie Hoffnung in Rodneys Augen loderte und fügte deshalb hinzu: „Henry ist deshalb nicht aus dem Rennen, er wird nächsten Freitag an meinem Firmenanlass teilnehmen. Gut, das wäre alles." Johanna nickte und verliess mit ihrem Arbeitskollegen zusammen Jacksons Büro. „Rod, wollen wir jetzt gleich die Aufgaben aufteilen?", fragte sie ihn. „Später", gab er mürrisch zurück und stapfte in sein Büro. Ihm gingen etliche Gedanken durch den Kopf. Johanna konnte er ausstechen, dessen war er sich bewusst. „Doch was, wenn Henry es wird? Was kann ich dann unternehmen?" Diese Frage liess ihn nicht mehr los.

Laura stand mitten im Essen auf und drängte Ethan, sie möchte jetzt bitte zu Black Arrow. Sie könne aber auch den Zug und Bus nehmen oder ein Taxi. Doch Ethan bestand darauf, sie zu fahren. Immerhin hätte er es ihren Eltern versprochen. Sie dankte ihm mit einem

Lächeln, innerlich seufzte sie. Während der ganzen Autofahrt hatte Laura in der einen Hand ihr Handy und in der anderen Hand die Papiere von ihrem Pferd. Sie betrieb Ahnenforschung, wie sie Ethan gegenüber behauptete. In Wahrheit wollte sie nicht mit ihm reden. Natürlich interessierte sie sich für die Blutlinie des Hengstes, doch anständigerweise hätte sie dies auch am Abend tun können.

Doch kaum auf dem Hof vergass sie Ethan, obwohl er ihr nicht von der Seite wich. Es gab nur noch sie und den Hengst. Während des ganzen Nachmittags schoss Ethan immer wieder Fotos und filmte sie.

Nachdem er sie wieder zu ihren Eltern gefahren hatte, stieg er sofort aus dem Auto, um ihr die Türe zu öffnen. Er wollte sie nicht einfach so davon kommen lassen, er wollte sie berühren. Laura, die den Nachmittag noch einmal Revue passieren liess, war darauf nicht gefasst und musste wohl oder übel zulassen, dass Ethan sie bis vor die Haustüre begleitete. „Hör mal Ethan", sagte sie. „Es war wirklich sehr nett von dir, mich aufs Gestüt und wieder zurückzufahren. Doch jetzt möchte ich duschen, mich hinlegen und einfach etwas alleine sein." „Na klar doch", kam die lässige Antwort aus seinem Munde. Er umarmte sie, liess seine Hände aber etwas zu lange auf ihren Hüften ruhen, bevor er sich von ihr löste. Ihr stellten sich die Nackenhaare und sie war froh, als sie die Türe hinter sich zu zog und schnell von innen den Schlüssel umdrehte. Nachdem sie sich geduscht hatte, rief sie Chrissy an und erzählte ihr die ganze Geschichte. „Willst du deiner Schwester nicht davon erzählen?" „Was soll ich denn erzählen Chris? Dass Ethan mich etwas zu lange fest gehalten hat? Das ist noch lange kein Beweis. Und trotzdem habe ich das Gefühl, dass da mehr von ihm ausgeht." „Ich weiss Laura. Aber ich weiss auch, dass du keine Dramaqueen bist und wenn du so fühlst, dann ist da mit Sicherheit etwas dran. Aber mal etwas anderes, ist es für deine Eltern immer noch in Ordnung, wenn ich vorbei komme? Immerhin musste dein Vater operiert werden und braucht dann sicherlich seine Ruhe?" „Das habe ich bereits abgeklärt, aber wir sind ja nicht auf sie angewiesen. Sie wollen dich trotzdem kennenlernen und wir sind sicherlich viel unterwegs. Ansonsten finden wir Zuflucht in meinem Zimmer." Die beiden Freundinnen lachten und verabschiedeten sich.

Während des Telefongespräches mit Chrissy waren 23 Nachrichten von Ethan eingegangen. Erst wollte Laura gar nicht nachsehen, was es war, doch dann siegte ihre Neugier. Zu ihrer Erleichterung schrieb er am Anfang nur: „Hallo Laura, hat Spass gemacht heute. Ich sende dir alle Fotos und Videos von dir und Black Arrow." Es waren sechs Videos und sechzehn Fotos. Die schönsten zwei Bilder und das beste Video schickte sie ihren Eltern, Hailey und Chrissy.

Hailey sah sich die Nachricht von Laura an. „Hallo Schwesterherz, hier ein paar Eindrücke von heute." Sie sah sich die Bilder und das Filmchen an. Das eine Foto war gestellt, aber das andere wie auch das Video vom Reiten nicht. Da hatte sie nicht einmal bemerkt, dass sie gefilmt wurde. Es war schön mitansehen, wie sie mit dem Tier umging und welche Freude sie dabei ausstrahlte. Sie lächelte vor sich hin, als sie ihre Sachen zusammen packte. „So und ich gehe jetzt zu meinem Pferd", sagte sie laut zu sich selbst.

Als sie im Stall ankam, sah sie von weitem Peter Oldham. Er winkte ihr zu, kam aber nicht wie sonst herüber, um kurz mit ihr zu plaudern. Sie runzelte die

Stirn und schüttelte dann den Kopf. Wahrscheinlich war er in Eile. Es war bereits dunkel geworden und sie holte die Leuchtsachen für sich und Escape. Sie machte einen kleinen Ausritt auf einem der ausgeschilderten Reitwege. Escape merkte, dass sie nicht ganz bei der Sache war und tänzelte den ganzen Ritt nervös umher. Als sie ihr Pferd zurück in die Boxe gebracht und versorgt hatte, suchte sie Peter auf. Sie wusste, dass er immer noch im Stall sein musste, und fand ihn schliesslich in der Futterkammer. „Hallo Peter, ist etwas nicht in Ordnung?" „Hallo Hailey, wie war der Ausritt?" Peter ignorierte ihre Frage, was sie sofort bemerkte. „Nicht sehr toll, Escape war nervös. Lag an mir, ich war nicht so ganz bei der Sache. Aber zu meiner Frage, was ist los?" „Hailey, du weisst ich mag dich. Mir kam es nur komisch vor, dass dein Freund heute Laura begleitet hat und auch die ganze Zeit bei ihr war, Fotos schoss und Videos aufnahm. Tut mir leid, aber ich habe ihn noch nie so gesehen. Selten genug begleitet er dich hierher." Er seufzte und berührte sie sachte am Arm. Hailey hatte einen Kloss im Hals, doch sie zwang sich selber, dies herunter zu spielen, und antwortete: „Meine Eltern haben ihn darum gebeten, da sie Laura nicht selber begleiten konnten. Ich nehme an, du hast von Dads Unfall gehört?" Er nickte. Schliesslich fügte sie noch hinzu: „Und ich konnte leider nicht früher aus der Praxis." Sie war sich nicht sicher, ob er ihr das ab nahm. Immerhin kannte er sie, seit Laura geboren wurde. Sie hatte bei ihm gelernt zu reiten. Den weiten Weg nahmen ihre Eltern damals in Kauf und gingen mit Laura spazieren, während sie ritt.

Zwei Schwestern, zwei Pferde

Samstag, 21.12.2019

Haileys Hände waren eisig. Sie schenkte sich Tee nach und legte sie um die heisse Tasse, um sie zu wärmen. Schliesslich kam das Gefühl in die Finger zurück und sie schrieb weiter.

Ausritt unter Schwestern

Am Freitag, den 13.12. brach sich Dad das Handgelenk und die Hand. Zum Glück sind wir alle nicht abergläubisch. Dies hat den Tagesplan meiner Eltern etwas durcheinandergebracht. Sie wollten Laura mit Black Arrow überraschen als vorgezogenes Geburtstagsgeschenk. Doch kurzerhand riefen sie Ethan an und baten ihn, anstelle von sich, Laura aufs Gestüt zu fahren. Warum nicht mich? Manchmal denke ich wirklich, sie wollen mir eins auswischen, oder ich nähme meine Schwester für zu unwichtig, dass ich nicht einmal etwas Papierkram verschieben könne. Aber letztendlich weiss ich nicht wirklich, was den beiden durch ihre brillanten Köpfe geht. Wie auch immer, ich werde Ethan auf Laura ansprechen müssen, doch wie und wann weiss ich noch nicht genau.

Am Samstag, den 14.12. kam Laura mit dem Zug und der U-Bahn zu mir. Zusammen fuhren wir dann zu unseren Pferden, sie wollte ihren ersten Ausritt auf Black Arrow unternehmen und hat mich gebeten, sie dabei zu begleiten. Ich freute mich sehr darüber, sie weiss, wie gerne ich das für sie tue. Da ihr Hengst wie auch mein Escape gut in Form sind, wählten wir einen einfachen, jedoch langen Reitweg. Drei Stunden waren wir unterwegs und die beiden Pferde benahmen sich wirklich vorbildlich. Esc hatte sich vom Tag zuvor auch wieder erholt und wirkte kein bisschen nervös. Black Arrow tänzelte und wieherte ein wenig, als er von Weitem eine Stute sah, doch Laura liess sich davon nicht beirren und brachte ihn schnell wieder in die Ruhe. Sie erzählte mir, was sie am vergangenen Mittwoch und Donnerstag erlebt und wen sie aus alten Zeiten besucht hatte. Doch über den Freitagnachmittag, der ihr der wichtigste Tag hätte sein müssen, schwieg sie. Als ich sie danach fragte, kamen dann zwar Schwärmereien vom und übers Pferd, doch Ethan erwähnte sie mit keiner Silbe. Ich sah sie eine lange Zeit von der Seite an, als sie es bemerkte, tat sie so, als ob sie sich konzentrieren müsse. Ich weiss jedoch, dass der Hengst auch ohne Hilfen ihrerseits weiter gerade aus gelaufen wäre. Also weiss sie es. Ob sie ihn auch mag? Ein solches Gefühl war noch nie vorhanden zwischen uns. Eine winzige unausgesprochene Barriere. Mir wurde klar, dass ich ebenfalls mit ihr reden musste, doch auch dies wollte ich auf später verschieben. Nach ihrem Geburtstag. Ich wollte und will nicht, dass etwas zwischen uns steht. Wir haben uns immer alles erzählt. Fast alles.

Dinner zu fünft
Samstag, 14.12.2019

Den Brunch im 'Olivia's' hatten die beiden Schwestern gestrichen, da sie wegen Chrissys Besuch etwas umdisponieren mussten. Olivia war eine rundliche Frau, die ihren Mann viel zu früh verloren hatte. Aus seiner Lebensversicherung, die er ohne ihr Wissen auf sich abschloss, erhielt sie 2 Monate nach seinem Tod eine Menge Geld. Obwohl sie pensioniert war, eröffnete sie damit ein kleines Café, um den Kontakt zu den Menschen nicht zu verlieren. Sie mochte nicht gerne alleine sein. Im 'Olivia's' konnte man jeweils am Sonntag brunchen, von Mittwoch bis Samstag konnte man Kaffee oder Tee trinken und dazu Kuchen essen. Entweder traf man sich dort mit jemandem, um sich zu unterhalten, oder aber man nahm ein Buch mit und setzte sich in die dafür vorgesehene Leseecke. Sie kannte Hailey und Laura bereits von früher, und seit der Eröffnung des Cafés waren die beiden Stammgäste bei ihr. Deswegen nahm sie ihnen die kurzfristige Absage auch nicht übel, als Hailey anrief, um die Situation zu schildern. „Hailey soll ich euch dreien nicht etwas fertig machen und ihr könnt das mit nach Hause nehmen? Dann müsst ihr nicht auch noch kochen am Mittag. Normalerweise gab es kein „Brunch to go" von Olivia, doch für die beiden machte sie gerne eine Ausnahme. „Ach Olivia, du bist ein Engel", entgegnete Hailey. „Wir laden also Chrissy beim Bahnhof auf und kommen dann bei dir vorbei, um das Essen zu holen. Wie ich dich kenne, wird es ein Luxusessen. Es wird ungefähr dreizehn Uhr, ist das in Ordnung?" „Ich muss doch zusehen, dass ihr mir nicht verhungert. Dreizehn Uhr ist perfekt, ich werde es bis dahin bereitstellen", lachte Olivia und legte auf. Hailey trennte ebenfalls die Verbindung. Laura, die neben ihr stand, grinste und sagte: „Sie wird uns mästen, oder?" „Darauf kannst du Gift nehmen."

Nachdem die beiden Schwestern sich in Haileys Wohnung für das Dinner fertiggemacht hatten, besprachen sie noch kurz die Einzelheiten für den Sonntag. „Du kannst doch bei uns Schlafen Hailey, dann musst du nicht morgen früh so weit fahren, um Chris abzuholen." „Aaaach Laura, lass mal", drueckste Hailey herum. "Es macht mir wirklich nichts aus, am Morgen zu fahren. Du hingegen könntest aber hier schlafen." Hailey hob eine Augenbraue und sah Laura hoffnungsvoll an. Insgeheim hoffte sie, dass sie zustimmte. Dann müsste Ethan alleine heimfahren. Ansonsten würde Laura mit ihm gehen. So war es wenigstens abgemacht, es machte keinen Sinn, wenn sie Laura fuhr, obwohl Ethan in der Nähe ihrer beider Eltern wohnte. Doch zu ihrer Enttäuschung schüttelte Laura den Kopf. „Ich kann nicht. Ich möchte noch das Gästezimmer vorbereiten. „Ich versteh schon", gab Hailey etwas knapp zurück. Doch bevor sich beide noch weitere Gedanken dazu machen konnten, klingelte es an der Haustüre. Die beiden traten hinaus, wo Ethan wartete. Zur Begrüssung gab er Hailey einen schnellen Kuss und begrüsste auch Laura, während deren Schwester die Türe abschloss. Der Blick, welchen Ethan Laura zu warf, entging Hailey trotzdem nicht.

Den Abend verbrachten sie zu fünft im 'Rocky's'. Danielle, ihr Ehemann Ron, Laura, Ethan und Hailey. Es wurden ein paar schöne, gelassene Stunden. Sie lachten, tranken Wein, assen Lachs mit Salat und genehmigten sich sogar ein Dessert. Danielle wurde dazu verdonnert,

Laura sämtliche Fragen zu beantworten. „Warte nur, bis Laura Anwältin ist, dann wird es noch schlimmer", sagte Hailey zu Danielle und grinste. „Noch schlimmer?", rief diese mit übertriebenem Entsetzen in ihrer Stimme. Laura hielt kurz inne und sagte dann: „Na gut Dani, für heute ist Schluss. Aber es wird weiter gehen, so einfach kommst du mir nicht davon."

Bei einem Dessertwein und einem Käse-Früchte-Plättchen liessen sie den Abend ausklingen, bevor Ron und Dani Hailey nach Hause brachten und Ethan Laura.

„Du bist eine wunderschöne Frau geworden Laura, weisst du das eigentlich?", fragte Ethan, als er den Motor von seinem Wagen startete. „Danke. Sag mal, macht es dir was aus, wenn ich schlafe? Es war ein langer Tag und ich bin sehr müde." „Nein natürlich nicht. Ich wecke dich dann." Während er noch am Reden war, schloss sie bereits die Augen und drehte sich, so gut es ging, zur Seite. Sie war überhaupt gar nicht müde, wollte aber keine peinliche Unterhaltung mit dem Freund ihrer Schwester führen. „Hat es dem das Gehirn vernebelt? Hailey ist eine wunderbare Frau mit Klasse", dachte sie bei sich. Mit dem Gefühl, seine bohrenden

Blicke auf sich zu spüren, schlief sie tatsächlich ein.

Vor dem Anwesen der Arlingtons angekommen, berührte Ethan sachte Lauras Schulter, um sie zu wecken. „Wir sind da Laura. Aufwachen." Sie riss die Augen auf und beeilte sich, die Wagentüre zu öffnen. „Danke fürs Heimbringen." „Jederzeit wieder", sagte er und sah sie an. Er ging mit ihr bis vor die Haustüre, dann fragte er: „Laura, darf ich dich noch hinein begleiten? Wir könnten uns noch einen Absacker genehmigen. Oder tanzen oder sonst etwas." Laura starrte ihn ungläubig an und auf einmal platze es aus ihr heraus. „Du bist der Freund meiner Schwester, hör auf!" Schnell schloss sie die Türe auf und schlüpfte ins Haus. Ebenso schnell war die Türe auch wieder zu. „Sie hat also nur Angst, dass sie Hailey verletzen könnte", dachte Ethan bei sich, während er lächelnd zum Wagen zurückging. Dass Laura kein Interesse an ihm haben könnte, ob jetzt Hailey seine Partnerin war oder nicht, dies kam ihm nicht in den Sinn.

Besuch von Chrissy
Sonntag, 15.12.2019

Schlaftrunken stellte Laura den Wecker ab und gähnte. Es war erst fünf Uhr morgens, doch sie und Hailey wollten noch ausreiten, bevor sie Chrissy abholten. Sie stellte sich unter die kalte Dusche und zog sich dann warme Reitklamotten an. Mit Zug und Bus fuhr sie zum Gestüt, da ja ihre Mutter das Familienauto hatte. Im Zug schaltete sie erstmals ihr Handy ein. Drei Nachrichten waren eingegangen. Eine von Hailey, die schrieb, dass sie schon mal aufs Gestüt fahre und die Pferde fertigmache, so könnten sie etwas länger im Sattel verbringen. Eine von Chrissy, welche ihr mitteilte, bereits im Zug zu sitzen und die Dritte war von Ethan. „Oh nein, nicht von dem", platzte es laut aus ihr heraus und sah sich dann schnell im Zug um. Aber niemand sonst war in der Nähe von ihr, der sie hätte hören können. „Liebe Laura, ich wünsche dir einen wunderschönen Ritt heute Morgen. Es wäre schön, wenn sich bald eine Gelegenheit auf ein Wiedersehen geben würde. Wir könnten uns in der 'Cozy Lounge' treffen. Deine Mitbewohnerin kannst du gerne mitbringen." Die Gefühle, die in Laura aufkeimten, waren unbeschreiblich. Eigentlich war sie ein totaler Menschenfreund, doch Ethan schoss weit übers Ziel hinaus. Daher schrieb sie zurück: „Ethan, ich werde dir Chrissy nicht vorstellen und ich will dich nicht treffen." Postwendend kam seine Antwort: „Soll ich erst mit Hailey reden, sie wird es bestimmt verstehen." Sie schüttelte den Kopf und sagte zu sich selber: „Beruhige dich Laura, der kriegt sich wieder ein. Und überhaupt, warum ist der eigentlich schon wach?"

Ihre Missstimmung war schnell verflogen, nachdem sie ihre Schwester und beide Pferde begrüsst hatte. Haileys Wallach und Lauras Hengst waren bereits geputzt, bandagiert und gesattelt. „Nur noch aufzäumen", sagte Hailey zu ihrer Schwester und hielt ihr Black Arrows Zaumzeug hin. „Wow, das nenne ich mal Service", entgegnete Laura und machte zwei Handbewegungen gleichzeitig. Mit der Linken schob sie dem Pferd die Trense in den Mund, mit der rechten streifte sie das Kopfstück über die Ohren. Blitzschnell hatte sie auch die Riemen geschlossen: „Fertig", sagte sie und stieg bereits auf. Hailey führte Escape aus der Stallgasse ins

Freie und schloss hinter sich die Türe. Dann sass auch sie in den Sattel. Und obwohl die beiden Pferde sie forderten, genossen die beiden einen unbeschwerten Ausritt zusammen. Danach fuhren sie nicht erst zu Haileys Wohnung, sondern duschten sich in den Stalleigenen Duschen, welche Peter Oldham und seine Tochter eigens für die Besitzer der Pensionspferde gebaut hatten. Bald darauf fuhren sie los.

„Laura, ich weiss es ist noch etwas früh und er gehört dir erst seit Kurzem, doch hast du dir bereits einmal Gedanken darüber gemacht, ob und wie du Black Arrow als Deckhengst anbieten möchtest?" „Das habe ich tatsächlich", gab Laura zurück. „Weisst du Hailey, du hast es mir nicht gesagt, aber ich erkenne den Wert eines Pferdes und ich kann mir kaum vorstellen, dass Peter ihn wirklich verkaufen wollte. Mom und Dad müssen ihm eine Unsumme geboten haben." Es tat Laura ehrlich leid, dass sie von ihren Eltern immer teure Geschenke bekam, während diese für Hailey auch nur selten ein Lob übrig hatten. Hailey dachte in etwa dasselbe. Doch sie riss sich zusammen, als sie antwortete: „Es bringt wohl nichts, es zu leugnen oder?" „Nein." „Aber hör mal, ich habe dir schon mal gesagt, dass du dir darüber keine Gedanken machen sollst. Ich finde wirklich, ihr zwei gehört zusammen. Nur für Peter tut es mir leid, Black Arrow hat sportlich gesehen grosse Chancen. Mit ihm dann als Zuchthengst zu werben wäre nicht schlecht gewesen. Er hat zwar grossartige Zuchtstuten, doch die Hengste sind bisher nur durchschnittlich. Du weisst wie hart das Geschäft ist. Ach entschuldige, ich wollte dir kein schlechtes Gewissen machen." Hailey klang etwas besorgt. „Hey, ich weiss schon, was du meinst. Keine Sorge. Tatsächlich habe ich mir bereits etwas überlegt und auch schon mit Peter darüber gesprochen. Wir werden das Ganze dann vertraglich festhalten. Doch erst wollte ich dich noch fragen, was du davon hältst. Black Arrow wird während meines gesamten Studiums hierbleiben, ich werde allerdings öfters übers Wochenende nach Hause kommen, um ihn zu sehen. Ich sollte das hinkriegen mit dem Studium und im Zug kann ich lernen oder an einer Arbeit schreiben. Unter der Woche wird er von Susan geritten und weiter gefördert und trainiert. Soweit ich kann, werde ich ihn an Prüfungen selbst reiten, sollte er allerdings besser werden als ich, werde ich vielleicht auch meine Schwester bitten." Laura sah ihre Schwester an und grinste schief. Sie war eine gute Reiterin, doch Hailey ritt besser und dies gestand sie ihr ohne Neid zu. Dann fuhr sie fort: „Natürlich nur, wenn sie Lust hat und ihn selber einmal in der Woche reiten will. Falls er gut abschneidet und wir wissen beide, er hat grosses Potenzial, wird Peter ihn als Deckhengst nutzen können. Ich werde ihn niemandem sonst anbieten. Die erstgeborene Stute aus ihm werde ich ihm allerdings von den Decktaxen abkaufen." Laura erwähnte nicht, dass diese Stute für Hailey bestimmt war. Ihre Schwester erwähnte immer wieder, dass sie sich überlege, selbst in die Pferdezucht einzusteigen. Dies sollte ihre erste Stute werden. Sie wollte damit wieder etwas gut machen, dass ihre Eltern verbockt hatten. „Wow Laura, diese Idee finde ich grossartig. Du hast dir wirklich richtige Gedanken darüber gemacht." „Ähm ja, das habe ich. Zudem wird Dani einen Vertrag aufsetzen, ich möchte dies so schnell als möglich geregelt haben." Die beiden sprachen während der ganzen Autofahrt von der Pferdezucht, von der Ausbildung der Pferde und ihren eigenen Prüfungen, bei denen sie gestartet waren.

Hailey parkte ihren Wagen auf einem Parkplatz in der Nähe des Bahnhofes. „Puuuh, gerade noch pünktlich", seufzte Laura, als sie ausstiegen und zum Bahnsteig liefen. Und schon fuhr auch Chrissys Zug ein. Laura entdeckte ihre Mitbewohnerin, wie sie bereits im Gang stand und lief mit dem Zug mit, damit sie dort warten konnte, wo ihre Freundin ausstieg. Hailey folgte ihr. Laura hatte ein ganz fein gearbeitetes Panzerkettchen um den Hals. Sie hatte ihr erzählt, dass Chris es ihr vor den Ferien geschenkt habe, weil sie nichts für sie zum Geburtstag gehabt hätte. Laura hingegen hatte Chrissy ihr Armband geschenkt. Chrissy durfte es nicht öffnen. Die beiden Kettchen waren genau gleich, nur das eine ein Armband, das andere eine Halskette. Hailey lächelte und dachte, dass Chrissy für Laura ebenso eine gute Freundin war wie Danielle für sich selbst. Nur mit dem Unterschied, dass sie und Dani sich seit der Kindheit kannten und Laura und Chrissy erst seit dem Studium, so richtig aber erst, seit die beiden eine gemeinsame Wohnung hatten an der Uni.

Chrissy stürmte die Treppe hinunter, stellte ihren Koffer hin und flog Laura in die Arme. Dann stellte Laura sie und

Hailey einander vor, die sich sofort mochten. Die drei gingen bei Olivia ihren späten Brunch abholen und machten es sich im Elternhaus Arlington gemütlich. So verbrachten sie den Nachmittag essend und lachend mit vielen Erzählungen und Fragen. Plötzlich klingelte das Telefon des Hausanschlusses. Laura ging hin und hob den Hörer von der Ladestation. „Laura Arlington, wer ist am Apparat?", fragte sie, da sie die auf dem Display angezeigte Nummer nicht kannte. „Laura, Liebes." Es war ihre Mutter. „Wir haben alles gepackt und fahren jetzt los. Seid ihr gut angekommen?" „Danke Mom, Chris hat sich in Haileys früherem Zimmer eingerichtet und wir haben uns Mittagessen vom 'Olivia's' geholt. Wie geht es Dad?" „Den Umständen entsprechend gut. Er ist etwas grummelig, da er sich bei vielem helfen lassen muss." Laura kicherte. Ihr Vater konnte es nicht ausstehen, wenn er hilflos war.

„Und wie sieht es aus?", fragte Hailey ihre Schwester, nachdem diese das Telefongespräch beendet hatte. Den Hörer legte sie auf den Tisch. „Sie fahren gleich ab, Dad ist wohl etwas missgelaunt, weil er sich helfen lassen muss." Und an Chrissy gewandt: „Nimm es also nicht persönlich, sollte er sich etwas daneben benehmen heute Abend." „Kein Problem", sagte Chrissy und schnitt eine Grimasse. Ich kenne das Gefühl der Hilflosigkeit. Wenn man sich bedienen lassen muss, sich nicht mal selbst anziehen kann." „Ach ja, deinen Reitunfall als Teenie... Hailey, Chris hat mir erzählt, dass sie vor Jahren beide Beine gebrochen hatte, als sie sechzehn Jahre alt war. Beim Reitunterricht stürzte ihr Pferd und fiel auf sie drauf." Hailey sah sie bestürzt an. „Nur beide Beine gebrochen, gerader Bruch. Gar nichts Schlimmes", warf Chrissy sogleich ein. Sie konnte sich vorstellen, dass Hailey als Ärztin schon einiges an Reitunfällen erlebt und gesehen hatte. „Na, dann ist ja gut. Du scheinst keine Spätfolgen davon getragen zu haben." Hailey lächelte sie an. „So Ladys, ich mache mich mal langsam auf den Weg." „Och Hailey, willst du nicht noch zum Abendessen bleiben?" „Nein lass mal, wir sehen uns ja morgen beim Reiten. Ich muss früh raus, habe noch zwei kleine Patienten." Die drei verabschiedeten sich voneinander und verabredeten untereinander, sich am darauf folgenden Montag um fünfzehn Uhr auf dem Gestüt zu treffen.

Laura hatte nichts eingekauft und somit hatten sie auch nicht viel, um zu kochen. Kurzerhand bestellte sie Essen in einem Restaurant. Anstelle der Vorspeise gab es verschiedene Apérohäppchen. Die Hauptspeise war Ente mit Orangensauce, Reis und Gemüse. Als Dessert bestellte sie eine Nougateistorte. Die beiden jungen Frauen räumten auf und deckten den Tisch. Kaum waren sie damit fertig, kündigte Rita bereits ihre Ankunft an, indem sie die Autohupe mehrfach betätigte. Laura verdrehte die Augen, lachte allerdings dabei. Sie ging hinaus, dicht gefolgt von Chrissy. Es war kalt draussen und Laura sagte zu ihrer Mutter, dass sie und Chris sich um das Gepäck kümmern würden. Chrissy schnappte sich den Koffer und die Reisetasche und Laura nahm die Umhängetasche ihrer Mutter und schloss das Auto ab. Somit hatte Rita beide Hände frei, um Henry zu stützen. Sie wollte nicht, dass er hinfiel, denn der Boden war gefroren.

Der Abend verging wie im Fluge, und da Henry wegen der Medikamente noch kein Alkohol trinken sollte, hatten Laura und Chrissy zuvor beschlossen, auch keinen Wein zu trinken. Sie gaben sich mit alkoholfreiem Schaumwein zufrieden. Rita und Henry wussten diese Aufmerksamkeit durchaus zu schätzen. Chrissy wurde von beiden sofort ins Herz geschlossen und sie bestanden darauf, dass sie sie Rita und Henry nannte. Diese wiederum war erleichtert, dass nicht nur Lauras Schwester, sondern auch ihre Eltern so positiv auf sie reagierten. Sie solle sich wie zu Hause fühlen, schärfe Rita ihr ein. Einzig in der Bibliothek von Henry, welche auch sein Arbeitszimmer war, solle sie nichts durcheinanderbringen. Nachdem die beiden erwähnten, dass sie am Montagnachmittag mit Hailey reiten gingen und anschliessend mit ihr zu Abendessen würden, mussten sie Rita versprechen, wenigstens den Morgen bei ihnen zu verbringen. Laura schielte kurz zu Chrissy, die fast unmerklich nickte, bevor sie dies versprach.

Pferde
Montag, 16.12.2019

Am frühen Morgen gingen Laura und Chrissy laufen. Gerade über die Ferientage wollten sie in Form bleiben, um keine Rückschritte zu machen während der Weihnachtszeit. Laura nutzte die Gelegenheit, um Chrissy ihre Heimat zu zeigen. Es war zwar noch dunkel, doch beide Läuferinnen waren gut ausgerüstet mit reflektierenden Trainingskleidern und stark leuchtenden Stirnlampen. Zudem hatten beide Lämpchen an den Armen und an den Knöcheln. So konnte man sie auf keinen Fall übersehen.

Nachdem sie zurück waren und geduscht hatten, Chrissy durfte Haileys ehemaliges Zimmer inkl. Badezimmer für sich benutzen, machten die beiden Frühstück. Als sie bei Tisch sassen, kamen auch Henry und Rita dazu. Den Rest des Morgens verbrachten sie bei einer gemütlichen Spielrunde. Nach dem Lunch zogen sich die beiden um, packten Ersatzkleider ein und fuhren mit dem Auto von Lauras Eltern zum Gestüt.

Chrissy war begeistert von Black Arrow. „Aber er hier ist auch wundervoll", sagte sie zu Laura und deutete auf Escape, Haileys Wallach. „Möchtest du ihn heute reiten?" Die beiden merkten nicht, dass Hailey in dem Stall gekommen war. „Du-, du meinst, ich darf dein Pferd reiten?", fragte Chrissy etwas ungläubig. „Nun ja, Laura hat mir erzählt, dass du mindestens so gut reiten würdest wie sie selbst. Also wenn du möchtest...." „Natürlich möchte ich, was für eine Frage." Chrissys Augen leuchteten. Nachdem Hailey ihr Pferd begrüsst hatte, sagte sie zu Chris und Laura: „Na, dann, macht mal eure Pferde fertig. Ich nehme Rasti, für den Fall, dass wir tauschen müssen. Wir treffen uns in der Halle, um die Tiere warm zu reiten, okay?" „Sind praktisch schon fertig", Laura kicherte.

Die drei ritten in der Halle die Pferde warm, danach ging es auf einen einfachen Ausritt ins Gelände. Sie folgten einem der einfacheren ausgeschilderten Reitwege. Der Ausritt verlief ohne Probleme und auf dem Abreitplatz überliess Laura Chrissy sogar ihren Hengst. Hailey übernahm Escape und Laura ritt das Schulpferd Rasti ein paar Runden im Schritt.

Später in Haileys Wohnung duschten sich alle drei und zogen sich Abendkleider für das Dinner im 'Earl Grey' über. Während des ganzen Essens redeten sie über ihre Reitausbildungen und ihre Turniererfahrungen. Nach dem Essen wechselten sie zur hauseigenen Bar, um den Abend bei einem alkoholfreien Drink ausklingen zu lassen. „Sag mal", fing Hailey an und wandte sich Chrissy zu. „Wie fandest du Escape zum Reiten? Sei ehrlich." Chrissys Augen funkelten. „Hailey, er ist wundervoll. Du hast einen richtigen Glücksgriff gemacht, als du ihn gekauft hast." Hailey lächelte. „Danke für die Blumen. Und wenn das so ist, kann ich dich dann bitten, ihn die nächsten zwei Tage zu bewegen? Bei mir in der Praxis ist einiges liegen geblieben und ich sollte alles aufarbeiten." „Wow Hailey, danke. Natürlich reite ich ihn gerne." Später kam dann noch das Thema Pferdezucht zu Wort und Hailey erwähnte, sie überlege sich tatsächlich in ein paar Jahren eine Zuchtstute zu kaufen. „So, bitte entschuldigt mich Ladys, ich geh mich mal kurz frisch machen", sagte sie zu den beiden Freundinnen und rutschte ab ihrem Barhocker. Hinter ihnen standen Marmorsäulen, die vom Boden bis zur

Decke eine Art Gang bis zu den Toiletten bildeten. Laura kramte in ihrer Tasche nach dem Handy und zog es hervor. „Ich weiss Chris, es ist unanständig. Aber du musst dir die Nachrichten von Ethan ansehen. Er schreibt mir praktisch dauernd." Chrissy beugte sich nah an Laura heran und las die Nachrichten und ihre Antworten dazu, falls sie denn überhaupt geantwortet hatte. „Oh Laura, du musst es ihr sagen. Hailey ist so ein wundervoller Mensch. Sie hat es nicht verdient, im Unwissenden gelassen zu werden." Laura seufzte. „Du hast recht, Chris, aber ich habe Angst davor. Ich wollte ihre Beziehung nicht kaputt-machen." Chrissy legte ihr verständnisvoll und tröstend den Arm um die Schultern. Dass Hailey hinter einer Marmorsäule gestanden und alles mitangehört hatte, bemerkte keine der beiden. Sie brauchte eine Minute, um das Gehörte zu verarbeiten. Dann zwang sie sich, alles hinunter zu schlucken und sich nichts anmerken zu lassen und wartete eine weitere Minute, bis sie lächelnd an die Bar zurück Schritt.

Es wird dunkel
Samstag, 21.12.2019

Draussen war es dunkel geworden, dafür hatte sich der Schneesturm gelegt. Hailey griff nach ihrem Handy und rief ihre Eltern an. Ihr Vater nahm den Hörer ab. Ohne abzuwarten, wer sich denn am anderen Ende der Leitung melden könnte, rief sie in den Hörer: „Ist sie da? Ist Laura zu Hause?" Ihr Vater antwortete ihr mit besorgter Stimme: „Hailey, nein, Laura ist nicht nach Hause gekommen. Wir haben die Polizei informiert. Die wollen allerdings nichts unternehmen bis morgen früh, weil wir nicht sagen können, ob sie die Nacht hier verbracht hat oder nicht." „Das gibt es doch gar nicht! Ich rufe rasch Danielle an, dann fahre ich zu euch raus und wir gehen sie suchen. Wir müssen ja schliesslich etwas tun. Kannst du bis dahin eine Vermisstenanzeige erstellen mit einem guten Foto von Laura und unseren Kontaktdaten darauf? Wir hängen dies dann auf und gehen in alle Restaurants etc. Vielleicht hat sie ja jemand gesehen." Ihr Vater erklärte sich damit einverstanden und sie verabschiedeten sich. Hailey zog sich Trainingskleidung über, während sie die Nummer von Danielle wählte. Sie erklärte ihr kurz, was geschehen war und was sie gedenke zu tun. Danielle, welche Laura ebenfalls sehr gut kannte, gab Hailey zur Antwort, dass sie sich sofort auf den Weg machen würde, um sie abzuholen. Selbstverständlich würde sie Hailey zu deren Eltern fahren und sich aktiv an der Suche beteiligen. Danach rief Hailey Ethan an, doch sein Handy war ausgeschaltet. Komischerweise war auch seine Combox deaktiviert, was sonst nie der Fall war. Haileys Nerven begannen zu flattern. Was war da nur los?

Fünfzehn Minuten später hielt Danielle ihren Wagen vor Haileys Wohnung an und schrieb ihr kurz eine Nachricht: „Bin da." Kaum gesendet, riss Hailey auch schon die Beifahrertür auf, liess sich auf den Sitz plumpsen und griff hastig nach der Sicherheitsgurte. Danielle fuhr los. Sie kannte den Weg zu den Eltern ihrer Freundin so gut, dass sie weder ihr Navigationssystem einschalten musste noch Hailey nach dem Weg fragen.

„Nun erzähl mal ganz genau, was denn eigentlich los ist", forderte Danielle ihre Freundin auf.

„Unsere Eltern hatten gestern am Geburtstag von Laura einen Geschäftstermin, wie du weisst. Am Abend wurde es so spät, dass sie dachten, Laura wäre schon im Bett. War sie vielleicht auch. Und heute Morgen blieben sie länger liegen. Als sie aufgestanden sind, war Laura nicht mehr da. Du weisst doch Dani, die Kleine ist eine Frühaufsteherin und ich dachte, sie hätte vielleicht eine ihrer zahlreichen Freundinnen besucht und ihr Handy vergessen einzuschalten. Ebenso hat sie keine Nachricht für unsere Eltern hinterlassen." „Hm, das sähe ihr ähnlich", schob Danielle dazwischen. „Das dachte ich auch und schliesslich mussten dies auch meine Eltern einsehen. Aber sie haben sie heute ins 'Bleeding Horse' zum Dinner eingeladen. Und auch hier weisst du, dass sie dies nie und nimmer verpassen würde. Sie liebt dieses Restaurant. Black Arrow hatte heute seinen freien Tag, sie war also auch nicht auf dem Gestüt. Das kann doch nicht sein." Danielle hörte in Haileys Stimme grosse Besorgnis. „Und was ist mit Ethan, hast du ihn schon erreicht? Vielleicht weiss er etwas über Lauras verbleiben." „Nein, er hat sein Handy und auch die Combox ausgeschaltet." „Ethan hat seine Combox deaktiviert?", fragte Danielle überrascht. „Ja, komisch oder?" Dies fand Dani allerdings sehr komisch. Ethan war freischaffender Journalist und wollte sich niemals eine Information entgehen lassen, sei sie auch noch so klein und unwichtig. Doch sie wollte ihre Freundin nicht noch mehr verunsichern und sagte in der Hoffnung, überzeugend zu klingen: „Wir werden sie schon finden." Den Rest der Fahrt schwiegen sie.

Rodney lief im Wohnzimmer nervös hin und her. Er hatte gestern Abend, kurz nachdem Jackson bekannt gab, wer sein Nachfolger werde, das Fest verlassen. Sarah, seine Frau, hatte er dort stehen lassen. Sie musste sich ein Taxi nehmen und war wütend auf ihn.

„Wenn du dich schon nicht bei mir entschuldigen willst, dass du mich gestern Abend hast sitzen lassen, dann könntest du mir wenigstens erzählen, wo du warst!", fuhr sie ihn an. „Du bist heute Morgen erst um fünf Uhr nach Hause gekommen!" Rodney gab einen Laut von sich, der sehr einem Knurren eines Hundes ähnelte und verliess das Wohnzimmer. Sarah schüttelte den Kopf und seufzte dann. Ihr war unbehaglich zumute. Mit Rodney stimmte etwas nicht, dessen war sie sich sicher.

Normalerweise klingelte Hailey, wenn sie ihre Eltern besuchte, obwohl sie einen Schlüssel besass. Doch dieses Mal stürme sie, von Danielle gefolgt, einfach ins Haus. Sie rief: „Mom! Dad!" „Wir sind in der Bibliothek", hörte sie die Stimme ihres Vaters rufen. Sie gingen nach oben und stiessen die Türe auf. Ihre Mutter sass mit verweinten Augen auf dem Sofa, während ihr Vater auf dem Stuhl von seinem Computer sass und gerade einen weiteren Druckauftrag à einhundert Stück von seinen kreierten Vermisstenanzeigen startete. Der linke Arm war in einer Schleife. Während Hailey auf den Stapel bereits ausgedruckter Blätter zulief, dachte sie bei sich: „Zum Glück hat er sich am linken Arm verletzt."

„Dad, du bleibst hier, hütest das Telefon und versuchst, weiterhin Laura zu erreichen. Ach ja und kannst du auch nochmals Ethan anrufen? Ich erreiche ihn nicht. Sein Handy ist aus und die Combox deaktiviert. Mom, du rufst alle ihre Freundinnen aus der Schulzeit an. In ihrem Zimmer müsste irgendwo eine alte Liste zu finden sein mit deren Telefonnummern. Und dann Chrissy, habt ihr sie schon kontaktiert?" „Nein, noch nicht", kam es heiser von ihrer Mutter.

„Nun, dann übernehme ich das. Ich habe ihre Nummer gespeichert. Danach teilen Dani und ich uns auf. Wir werden die Blätter aufhängen und in sämtlichen Restaurants und Bars nachfragen. Kann ich euer Auto haben? Meins steht zu Hause, Dani hat mich abgeholt." „Natürlich", entgegnete ihr Vater und stand auf, um ihr die Schlüssel zu holen. Während Danielle alle Sachen zusammen packten, welche sie benötigten, um die Vermisstenanzeigen aufzuhängen, erstellte Rita einen Gruppenchat, damit sie sich regelmässig austauschen konnten. Zudem wollte sie bei allen Social Media Seiten ein Konto anlegen, um da die Vermissten- anzeige ebenfalls zu teilen.

Hailey unterdessen, wählte Chrissys Nummer. Diese meldete sich nach dem zweiten Klingeln. „Hallo Hailey, das ist ja eine Überraschung, wie...", doch Hailey unterbrach sie: „Chrissy, Laura ist verschwunden. Hast du etwas von ihr gehört?" „Ne-nein. Was meinst du mit verschwunden?" Hailey brachte Lauras Mitbewohnerin im Eiltempo auf den neusten Stand. Chrissy fragte Hailey, ob sie auch schon ihre Kolleginnen an der Uni kontaktiert hätte. Und Marc und Tobias. Hailey verneinte. Laura hätte ihr zwar von

Tobias und Marc erzählt, ebenso von ein paar anderen Leuten auf der Uni, doch sie hätte keine Kontaktdaten. Chrissy versprach, dies für sie zu übernehmen und sich danach wieder bei ihr zu melden. „Noch was Chris, wann hast du zuletzt mit Laura telefoniert oder gechattet?" „Gestern Morgen, wir haben uns zum Geburtstag gratuliert und ungefähr eine halbe Stunde gequatscht. Es war zehn Uhr morgens." „Danke Chris." Hailey unterbrach die Verbindung und schüttelte den Kopf, als sie alle erwartungsvoll ansahen. Dann machte sie sich auf den Weg. Dani hatte das Auto von Rita und Henry während ihres Gespräches mit Chrissy bereits mit Material gefüllt. Sie musste nur noch einsteigen und losfahren.

Chrissy liess ihr Handy fallen und musste sich am Türrahmen festhalten. Laura vermisst? Das durfte einfach nicht wahr sein. Es vergingen einige Minuten, bis sie wieder klar denken konnte. Dann trieb sie sich an: „Na mach schon Chris, du hast einige Leute zu kontaktieren. Reiss dich zusammen verdammt noch mal!" Dann suchte sie ihre Kontaktdaten und rief einen nach dem andern an.

Rita kontaktierte auch Lisa, die ebenfalls nichts von Laura gesehen oder gehört hatte. „Das arme Mädchen", sagte sie zu ihrem Mann. Andrew nickte. „Beten wir für sie, dass nichts Schlimmes passiert ist und sie bald wohlbehalten zurück kommt."

Stunden später, nachdem sie sämtliche Bekannten aus Lauras Schulzeit angerufen, sämtliche Bars und Restaurants abgeklappert und gefühlt jede Person, die sie angetroffen angesprochen hatten, beschlossen sie schliesslich, dass die Eltern gleich am Morgen früh noch einmal zur Polizei gehen sollten. Um diese Zeit wäre es möglich, die offizielle Vermisstenanzeige aufzugeben. Danielle fuhr Hailey nach Hause, welche abermals versuchte, Ethan zu erreichen. Es war sonst nicht seine Art, sich so lange nicht zu melden. Was war da nur los? Ein Gefühl der Angst beschlich sie. Angst, dass Laura etwas passiert sein könnte und noch mehr Angst, dass Ethan etwas damit zu tun hatte. Wie auch immer dieser Zusammenhang sein mochte.

Danielle liess Hailey nur ungern alleine, sie wusste, wie sehr diese an ihrer kleinen Schwester hing. Doch Hailey bestand darauf. Sie wollte sich duschen und eine leichte Schlaftablette nehmen, damit sie etwas zur Ruhe kam. „Du weisst, ich kann mir das selber verschreiben", sagte sie zu Dani und machte einen zweifelhaften Versuch, zu lächeln. „Du meldest dich, sobald du Neuigkeiten hast oder reden willst." „Mach ich. Vielen Dank für deine Hilfe." „Ist doch klar. Für dich und Laura tu ich alles", sagte Danielle und drückte ihre Freundin zum Abschied fest an sich.

Nach einer heissen Dusche brühte sich Hailey abermals einen Tee ein auf und setzte sich wieder an ihren Sekretär. „Das wievielte Mal mache ich das jetzt heute?" Diese Frage stellte sie laut an sich selbst. Da niemand sonst in ihrer Wohnung war, gab sie sich ebenfalls selbst die Antwort: „Was spielt das denn für eine Rolle? Ist doch absolut egal." Mit einem Schulterzucken nahm sie ihren Füllfederhalter und machte sich daran, weiter zu schreiben. Doch im selben Moment piepte ihr Handy. Eine Nachricht von Chrissy war eingegangen. „Liebe Hailey, ich habe alle Bekannten durch telefoniert und jenen, die ich nicht erreichen konnte, eine Nachricht auf Band gesprochen. Bisher hat niemand etwas von ihr gesehen oder gehört. Wie

sieht es bei euch aus? Kann ich sonst noch etwas tun?" Hailey antwortete ihr umgehend: „Liebe Chrissy, vielen Dank für deine Hilfe. Wir haben Zettel verteilt, herum telefoniert und herumgefragt. Bisher nichts. Keine Spur von ihr. Mom und Dad werden morgen früh endlich eine offizielle Vermisstenanzeige aufgeben können. Wir bleiben in Kontakt, ja?
Gruss Hailey."

Tag des Aberglaubens

Am Freitag, den 13.12. rief mich Laura an und berichtete mir, dass unser Dad sein linkes Handgelenk sowie die Hand gebrochen hätte. Auf jeden Fall sähe es danach aus, da alles total verdreht war. Nun gut, allzu genau wird sie nicht hingesehen haben, sie kann nichts in dieser Art sehen, ohne gleich in Ohnmacht zu fallen. Allerdings bestätigte sich ihre Annahme dann später im Spital. Eigentlich hatten unsere Eltern ihr den Black Arrow an diesem Tag als ihr Pferd vorstellen wollen. Sozusagen als vorgezogenes Geburtstagsgeschenk. Doch unter diesen Umständen überreichten sie ihr die Papiere des Hengstes und baten Ethan, sie zum Gestüt zu fahren. Warum eigentlich Ethan und nicht mich? Ich gehe davon aus, dass Laura darüber genau so überrascht war. Nun ja, schlussendlich muss ich gestehen, ich hätte mich zwar von meinem Papierkram in der Praxis loseisen können, doch so konnte ich endlich alles Liegengebliebene wieder einmal aufholen. Zudem hatte ich Sally freigegeben wegen Nina. Sodann fuhr ich erst am Abend zu Escape raus. Selbstverständlich bekam ich Unmengen an Handyfotos von Ethan und Laura. Alle zeigten sie mit Black Arrow oder nur das Pferd. Peter hat sie noch einmal in der Halle unterrichtet und Ethan filmte sie. Sie ist wirklich eine gute Reiterin und kann sehr gut mit Tieren, nicht nur mit Pferden. Der Unterricht im Stall in der Nähe der Uni scheint ihr gut zu bekommen.

Am Samstagmorgen ritten wir das erste Mal zusammen aus in dieser Konstellation. Also ich meine ich mit meinem Pferd und sie mit ihrem. Wir wählten einen einfachen Reitweg. Unsere beiden Jungs haben sich von der besten Seite gezeigt, obwohl sie den Winter spürten. Es lag zwar noch kein

Schnee, doch sind sie immer etwas aufgedreht bei kalten Temperaturen.

Abends gingen wir dann zu fünft zum Dinner. Laura, Dani, Ron, Ethan und ich. Laura nutzte die Gelegenheit, um allen von ihrem Geburtstagsgeschenk vorzuschwärmen, Fotos und auch Videos herum zu zeigen. Ethan benahm sich etwas merkwürdig in Lauras Gegenwart. Ich fragte mich, ob ich mir dies wieder nur einbildete oder ob da mehr war? Beim Dessert wurde dann Dani ausgequetscht, Laura sieht in ihr eine Mentorin, was ihre Karriere betrifft. Ich freue mich richtig fest, dass sich die beiden wichtigsten Frauen in meinem Leben so gut verstehen.

Nach diesen wenigen Zeilen konnte Hailey nicht mehr. Sie nahm eine Schlaftablette, stellte den Klingelton ihres Handys auf die lauteste Stufe, damit sie erwachte, falls es Neuigkeiten von Laura gab und ging zu Bett.

Zur selben Zeit wachte Ethan auf. Er war immer noch stockbesoffen. Seine Hand schmerzte und sie war total verklebt. Seine Kleidung war steif und darauf befanden sich mehrere farbige fleckenartige Schmierereien. Er kniff die Augen zusammen und versuchte, die Farbe zu definieren. Braun. Nein, Rotbraun. „Blut!", rief er laut und übergab sich. Auf allen vieren kroch er ins Badezimmer und schaffte es unter Anstrengung, die Dusche anzustellen. Er streifte sich mehr schlecht als recht die Kleider vom Leib und setzte sich auf den Boden seiner Regenwalddusche. Lange blieb er so sitzen. Als er wieder einigermassen aufrecht gehen konnte, immer noch schwankend, stopfte er die Kleider in eine Mülltüte und verband sich seine blutige Hand. Er versuchte, sich zu erinnern und zu rekonstruieren, was genau passiert war.

Am Freitagmorgen war er vor dem Haus der Arlingtons. Doch Rita und Henry waren noch da, deswegen ging er in ein Café und schrieb Laura die besten Geburtstagswünsche. Er schrieb ihr auch, dass er sie am Nachmittag besuchen werde. Postwendend kam ihre Antwort, dass sie ihren Geburtstag nicht mit ihm feiern wolle. Er ging nach Hause und genehmigte sich einen Whiskey, dann noch einen. Und dann noch einen. Wie viele es schlussendlich waren, daran konnte er sich nicht mehr erinnern. Er erinnerte sich aber daran, dass er sich zu Fuss auf den Weg zu Laura machte, trotz deren Ansage, ihn nicht sehen zu wollen. Und dann, was war dann? Er sah sich mit einem Messer in der Hand. Wollte er auf sie einstechen? Hatte er auf sie eingestochen? Er wusste es nicht mehr. Er war ja eben erst hier in seiner Wohnung wieder aufgewacht. Im Wohnzimmer fand er schliesslich leere Whiskey-, Vodka-, und Rumflaschen. Hatte er die alle leer getrunken? In seinem Kopf hämmerte es. Nicht im Stande, weiter zu denken, legte er sich schliesslich nackt auf sein Bett und fiel in einen komaähnlichen Schlaf.

Vermisstenanzeige
Sonntag, 22. Dezember

Am nächsten Morgen wurde Hailey vom Piepton ihres Handys geweckt. Dieser signalisierte eine neue Nachricht. Sofort war sie hellwach, sprang aus dem Bett und griff nach dem Handy, noch bevor sie sich ganz aufgerichtet hatte. Vielleicht ist das die erlösende Nachricht, dass Laura wohlbehalten gefunden wurde. Vielleicht hatte sie einen kleinen Unfall und war im Spital, ein Bein gebrochen oder Ähnliches. Vielleicht hat es etwas gedauert, bis man unsere Nummern ausfindig gemacht hatte. Diese Gedanken schossen ihr in Sekundenschnelle durch den Kopf. Doch dann öffnete sie die Nachricht von Rita, ihrer Mutter. „Hailey, wir waren eben bei der Polizei und haben offiziell eine Vermisstenanzeige aufgegeben. Euer Vater hat ziemlich Druck gemacht und jetzt gibt es eine grosse Suchaktion mit Suchhunden und allem, wenn ich das richtig verstanden habe." Haileys Hoffnung zerplatze wie eine Seifenblase. Über die Sorge um Laura vergass sie, dass sie eigentlich nicht gerne mit ihren Eltern sprach und anstatt einer Nachricht wählte sie kurzerhand die Nummer ihrer Mutter.

Diese nahm den Anruf gleich beim ersten Klingeln entgegen. Doch noch bevor sie etwas sagen konnte, fragte Hailey: „Mom, können wir etwas tun? Können wir die Polizei unterstützen? Soll ich zu euch kommen?" Rita war nervös und durcheinander, sie verhaspelte sich auch beim Sprechen: „Ach Hailey, das ist lie- fu- furchtbar lieb vo- von dir, doch die Polizei hat u- uns ausdrücklich unt- untersagt, je-tzt noch weitere Schritte im Alleingang zu u- unternehmen. Und du musst nicht vorbei kommen. Aber sag, hast du E- Ethan inzwischen erreicht?" „Nein noch nicht. Hör zu Mom. Ich gehe jetzt zu Escape und frage alle, die ich auf dem Gestüt finden kann. Vielleicht weiss dort jemand was von Laura, oder vielleicht hat sie sogar jemand gesehen. Sie lässt doch eigentlich keinen Tag verstreichen, ohne ihren Hengst zu besuchen. Aber am Nachmittag fahre ich dann zu euch raus." „In Ordnung, bis dann", kam es von ihrer Mutter mit einer etwas ruhigeren Stimme. Und tatsächlich war Rita diesmal froh darum, dass Hailey die Zügel in die Hand nahm. Tief im Inneren wussten sie und Henry, dass Hailey ihre Schwester ebenso sehr liebte, wie sie selber es taten und sie sich mindestens enbenso grosse Sorgen um Laura machte.

Nach dem Telefongespräch mit ihrer älteren Tochter liefen Rita Tränen über die Wangen. Henry nahm sie liebevoll in die Arme. „Wir finden Laura ganz sicher." Sie schlang ihre Arme um ihn, brachte aber kein Wort heraus. Er verstand sie auch ohne Worte.

Hailey strich Escape über die Flanken, der grosse braune Wallach sah sie an und trat nervös vom einen Bein aufs andere. Er spürte die Anspannung seiner Besitzerin. Nachdem sie auch noch den letzten Menschen auf dem Gestüt ausfindig gemacht und gefragt hatte, ob man etwas von Laura gesehen hätte, holte sie das Zaumzeug ihres Pferdes und machte mit ihm einen langen Spaziergang. Danach liess sie ihn auf die Winterweide, damit er seine überschüssige Energie noch ganz loswerden konnte. Dann ging sie zu Black Arrows Box und verfütterte ihm die restlichen Rüben, welche sie mitgebracht hatte. „Wo ist nur deine Besitzerin, hm?" Der Gestütsbesitzer Peter hatte sie gehört, kam auf sie zu und legte ihr die Hand auf die Schulter. „Wir hoffen alle, dass Laura schnell gefunden wird. Können wir irgendetwas für euch tun?" „Ja, ihr könnt ihn hier bewegen, bis sie wieder da ist", sagte Hailey und deutete auf den Hengst. „Natürlich Hailey, aber ich meinte, ob wir bei der Suche irgendwie helfen können." „Nein, die Polizei hat uns quasi verboten, weitere Alleingänge zu unternehmen." Peter nickte, drückte ihr leicht den Arm zum Zeichen, dass er immer zu erreichen sei, und ging davon. Er spürte, dass Hailey noch eine Weile alleine bei dem Pferd ihrer Schwester sein wollte. Er konnte gut verstehen, dass sie sich hier bei ihm Laura nahe fühlte.

Lisa las die Nachricht von Rita: „Hallo Lisa. Laura wurde heute offiziell als vermisst gemeldet. Und du brauchst in der folgenden Woche nicht zum Putzen kommen. Wir melden uns, sobald es Neuigkeiten gibt." Sie war erschüttert. Das Putzen war das einzige, was ihr half, nicht völlig durch zu drehen. Andrew versuchte sie zu beruhigen: „Ich nehme mir frei und wir unternehmen etwas zusammen. Es tut dir nicht gut, wenn du ständig an Laura und die Familie Arlington denkst." Dankbar griff sie nach seinem Arm.

Lauras Handy
Sonntag, 22.12.2019

Schliesslich löste sich Hailey von Black Arrow und zwang sich, nach Hause zu gehen. Es kam ihr vor, als liesse sie ihre Schwester dort zurück und sie würde danach unerreichbar. Es war ein unbeschreiblich verstörendes Gefühl.

Zu Hause duschte sie. Dann hielt sie inne, überlegte kurz, ob sie den Zug nehmen sollte, entschied sich aber für das Auto. Am Sonntag hatte es nicht so viel Verkehr auf den Strassen, schon gar nicht, wenn Schnee lag. So fuhr sie also los. Etwa fünf Kilometer vor ihrem Elternhaus klingelte ihr Handy. Sie wollte schon an den Strassenrand fahren und anhalten, doch schliesslich zwang sie sich, weiter zu fahren. Sie hatte ein ungutes Gefühl und wollte bei einer schlechten Nachricht nicht mit dem Auto unterwegs sein.

Unterdessen wurden auch die Arbeitskollegen von Henry über das Verschwinden von Laura informiert.

Rodney war am Sonntagmorgen wieder alleine unterwegs und Sarah wusste auch diesmal nicht, wo er war. Als er zurück kam, war er noch nervöser als am Tag zuvor. Sarah beschlich den Verdacht, dass er etwas mit Lauras Verschwinden zu tun haben könnte. Sie wusste, wie wütend er werden konnte, wenn es nicht nach seinem Kopf ging. Hin und her gerissen von ihren eigenen Gedanken und Gefühlen, eröffnete sie schliesslich eine neue E-Mail-Adresse und schrieb eine anonyme E-Mail. Der Empfänger war Detektiv Nash. „Sehr geehrter Detektiv Nash. Ich habe begründeten Verdacht zur Annahme, dass Herr Rodney Lindberg im Zusammenhang mit Laura Arlingtons Verschwinden steht. Falls dem so ist, werde ich mich öffentlich bekennen und eine Aussage machen. Bis dahin möchte ich allerdings lieber anonym bleiben."

Die Polizeihundeführerin Nora Langdon war an der Suche nach Laura Arlington beteiligt. Sie führte ihren ausgebildeten Polizeisuchhund Spex an einem Sicherheitsgeschirr an einer langen Leine, da das Gelände sehr unwegsam war und die Hunde ohne Sicherung hätten abrutschen können. Sie stand oben und schickte den fünf Jahre alten Malinois Rüden abwärts. Wenn er zu ihr zurückkam und keinen Fund anzeigte, verschob sie sich um ein paar Schritte und schickte ihn wieder hinunter. Pro Geländeabschnitt waren immer drei Teams zugeteilt, damit die Hunde jeweils 20 Minuten arbeiteten und dann 40 Minuten Pause hatten.

Spex war darauf trainiert zu bellen, falls er einen Gegenstand fand. Sollte er aber eine Person finden, nahm er den an seinem Halsband befestigten Bringsel ins Maul und rannte zurück zu Nora. Sie nahm ihm den Bringsel ab und befahl ihm, ihr die Person zu zeigen. Heute aber blieb der grosse Rüde stehen, bellte laut und bestimmt. Sie rief ihren Kollegen zu: „Spex hat was gefunden! Keine Person, es muss ein Gegenstand sein." Ihre Kollegen brachten Kletterausrüstung und Seile, nachdem sie Spex zu sich hinzitiert hatte. Sie nahmen ihr den Hund ab und sperrten ihn in seine Hundebox im Auto. Sie ging, gesichert von ihren Kollegen zu der Stelle, welche Spex verbellte. Nach einigen Minuten fand sie etwas, es war ein Handy.

Später auf der Dienststelle fand man heraus, dass es sich um Lauras Handy handelte, jener jungen Frau, die vermisst wurde. Es waren viele Anrufe eingegangen und noch mehr Nachrichten. Die meisten waren von ihren Eltern und von Hailey, ihrer älteren Schwester. Dann noch zwei von einer Chrissy, die ihre Freundin und Mitbewohnerin war, wie sich später herausstellte. Einige Geburtstagswünsche von Kolleginnen und Kollegen, die sie von der Uni her kannte. Die wichtigsten und interessantesten waren allerdings von drei Männern. Einem Marc, mit dem sie ein paar Mal aus war. Einem Tobias, welcher zaghafte Annäherungsversuche zu machen schien und dann noch von einem Ethan Murphy. Dieser war der Freund von Hailey, Lauras Schwester. Die Nachrichten von Ethan waren anzüglich, zu anzüglich. Fast könnte man ihn als Stalker bezeichnen. Vielleicht wollte er ein „Nein" nicht akzeptieren.

Ethan Murphy wachte erneut auf. Jetzt war ihm zwar nicht mehr übel, doch sein Schädel pochte noch immer. Er ging ins Bad, um sich die Zähne zu putzen und dann die doppelte Dosis Aspirin hinunter zu schlucken. Danach wischte er sein Erbrochenes im Wohnzimmer auf und öffnete die Fenster. Sein Verband um die Hand sah nicht gerade fachmännisch aus, nicht einmal so, als hätte ihn eine erwachsene Person gemacht. Er löste ihn und in begann dann sehr sorgfältig, seine Hand zu säubern. Sie war mit einigen

Schnitten übersät. In seinem Apotheker-
schrank fand er neues, sauberes Ver-
bandszeug und Desinfektionsmittel. Seine
Hand genau betrachtend sprayte er sie mit
dem Antiseptikum ein. Sie war nicht nur
verschnitten, sie war auch grün und blau
und geschwollen. „Was habe ich nur
getan?", fragte Ethan sich.

Als er die Hand fertig verbunden hatte,
holte er die Abfalltüte, der seine
blutverklebten Kleider enthielt, aus dem
Bad. In diesem Augenblick klingelte es.
Den Abfallsack noch immer in der Hand,
ging er zur Haustüre und sah durch den
Spion. Sein Herz rutschte ihm in die Hose.
Zwei Polizeibeamte standen davor.

Rodney Lindbergh öffnete die Türe, als
es klingelte. Verdutzt sah er die zwei
Polizeibeamten an. „Ist etwas mit meiner
Frau? Geht es ihr gut?", fragte er ohne
Begrüssung.

Nachdem Sarah die anonyme E-Mail an
Detektiv Nash geschrieben hatte, hielt sie
es zu Hause nicht mehr aus und machte
sich auf den Weg zu einem langen
Spaziergang. Aus diesem Grunde war sie
auch nicht zu Hause, als Nash zwei Polizeibeamten bei den Lindbergs vorbei schickte.
Regina Smith und James McKenzie.

Smith übernahm sogleich das Wort: „Mr. Lindberg?" Dieser nickte. „Mit ihrer Frau ist alles in Ordnung. Wir würden Ihnen aber gerne ein paar Fragen stellen. Dürften wir eintreten?" Ihre Stimme war freundlich, doch Rodney war auf der Hut. Widerwillig liess er Smith und McKenzie eintreten, schloss die Türe und führte sie in die Küche. Er deutete Ihnen am grossen Esstisch Platz zu nehmen und bot den beiden Kaffee oder Wasser an, was beide ablehnten. Rodney nahm darauf ebenfalls Platz. „Sie arbeiten für Jackson, in derselben Firma wie Henry Arlington?", begann Smith. Er nickte. „Sie waren ebenfalls für die Nachfolge von Jackson nominiert?" Er nickte wieder, zog dabei aber fragend die Augenbrauen hoch. „Sie wissen sicherlich, dass Laura Arlington, die Tochter von Henry Arlington, seit gestern vermisst wird?" „Ja, wir wurden darüber informiert. Jackson hat uns angerufen." Nun ergriff McKenzie das Wort. Er klang kühl. „Mr. Lindberg, wo waren sie im Anschluss der Bekanntgabe des Nachfolgers von Jackson? Sie wurden beobachtet, als sie ziemlich sauer davon gelaufen sind und ihre Frau stehen liessen." „Wollen Sie damit andeuten, dass ich Laura Arlington entführt habe?"

„Beantworten Sie die Frage Mr. Lindberg", gab Smith zurück. Sie klang nun nicht mehr freundlich, sondern forsch.

Rodney verstrickte sich mit seinen Lügen und Halbwahrheiten immer mehr in seinen Aussagen. Schlussendlich sagte er: „Gehen Sie nun bitte, ich werde einen Anwalt konsultieren", stand auf und wies Smith und McKenzie mit einer Handbewegung dasselbe zu tun. Als die beiden weg waren, zitterte er am ganzen Leib.

Henry zwang seine Frau, wenigstens ein halbes Sandwich zu essen und eine Tasse Milchkaffe zu trinken. „Wir müssen bei Kräften bleiben. Für Laura", sagte er. Schliesslich stimmte sie ihm zu und nahm sich die eine Hälfte des Sandwiches, Henry nahm die andere. Sie sassen dicht aneinandergedrängt auf dem Sofa im Wohnzimmer. Kaum hatten sie aufgegessen, klingelte es an der Haustüre. Es war der Polizist, bei dem sie die Vermisstenanzeige aufgegeben hatten. Rita, die die Türe geöffnet hatte, bekam weiche Knie und musste sich an der Türklinke festhalten. Charles Pike, so hiess der Polizeibeamte, registrierte dies sofort. „Wir haben ihre Tochter noch nicht gefunden." Rita atmete erleichtert auf. „Officer Pike.

Kommen sie bitte herein." Sie machte ihm Platz und er trat ein. Da er noch nie bei ihnen zu Hause war, blieb er im Flur stehen, bis sie die Türe geschlossen hatte. „Bitte gehen Sie einfach gerade aus weiter und hinten am Flur die letzte Tür rechts." Er nickte. Sie folgte Pike ins Wohnzimmer, wo Henry bereits aufgestanden war und ihm zunickte. „Officer Pike. Gibt es Neuigkeiten von unserer Tochter? Ach bitte entschuldigen Sie, setzen sie sich doch." Pike nahm gegenüber von den beiden in einem Sessel Platz. Er wartete, bis sich Rita und Henry ebenfalls sassen, bevor er zu reden begann. „Unsere Suchhunde haben das Handy ihrer Tochter gefunden. Die meisten Nachrichten sind von ihnen beiden, von ihrer anderen Tochter, von ihrer Mitbewohnerin und ein paar Uni-Kameraden." Er holte Luft, um weiter zu sprechen, doch er zögerte. „Da gibt es noch etwas, oder? Was haben sie noch auf Lauras Handy gefunden?" Henry schrie Pike fast an, vor lauter Verzweiflung. Dieser holte noch einmal Luft und fuhr dann in einer beruhigenden Stimme fort: „Mr. Arlington, Mrs. Arlington. Es gab noch weitere Nachrichten auf dem Handy ihrer Tochter. Wir können zu diesem Zeitpunkt nicht ausschliessen, dass diejenige Person etwas mit dem Verschwinden von Laura zu tun hat. Wir suchen diese Person in diesem Moment zu Hause auf und werden sie befragen." „Wie vom Donner gerührt starrten Rita und Henry erst Pike an, dann sich selbst. Schliesslich fragte er mit einer Stimme, die eine klare Antwort forderte und keine Ausreden duldete: „Wer ist diese andere Person?" Pike seufzte, gab dann aber nach: „Sie wissen, dass ich ihnen dies nicht sagen dürfte. Doch vielleicht könnten wir von ihnen etwas mehr erfahren zum Verhältnis von dieser Person zu Laura." Er hörte, wie Henry scharf die Luft einsog und sagte dann schliesslich: „Es handelt sich um Ethan Murphy." Henry begann zu lachen und Rita sah ebenfalls erleichtert aus. Sie sagte: „Ethan ist Haileys Freund und er arbeitet ab und zu mit meinem Mann zusammen. Mittlerweile ist er ein guter Freund der gesamten Familie geworden." Doch Pike blieb ernst. „Hören sie, es ist möglich, dass sie von alledem nichts wussten. Doch den Nachrichten nach war er hinter ihrer jüngeren Tochter her. Sie hat ihn abgewiesen und möglicherweise hat er sie entführt. Das ist im Moment nur eine Möglichkeit, der wir nachgehen müssen. Mehr Anhaltspunkte haben wir im zurzeit nicht." Henry, mittlerweile leichenblass, griff nach seinem Handy und murmelte, dass er Hailey anrufen wolle. Sie hätte ohnehin vorgehabt, am Nachmittag vorbei zu schauen. Vielleicht sei es aber besser, wenn sie gleich hierher käme. Sie soll es von uns erfahren. Da Hailey das Gespräch nicht annahm, hinterliess er ihr eine Sprachnachricht. „Hallo Hailey, hier ist Dad, könntest du früher kommen als geplant? Wir brauchen dich hier."

Nachdem Rita und Henry sich wieder etwas gefasst hatten, fragte Pike sie nach den Arbeitskollegen, Verwandten und Freunden von Laura aus. „Laura ist bei allen sehr beliebt. Unter Freunden, unter Verwandten und selbst meine Arbeitskollegen mögen sie", sagt Rita gerade heraus. Henry nickte, doch dann zögerte er. Pike entging dies nicht und hakte gleich nach. „Mr. Arlington, sie haben doch einen Verdacht oder?" Henry schüttelte den Kopf. „Nein, das kann einfach nicht sein." Pike forderte ihn darauf hin auf: „Es könnte trotzdem wichtig sein. Denken Sie an Ihre Tochter. Jedes noch so kleine, unscheinbare Detail könnte helfen, sie zu finden." Henry lenkte ein: „Na gut, einer der Mitbewerber für die Nachfolge von Jackson, meinem Vorgesetzten, ich glaube, er ist ziemlich eifersüchtig, dass ich als Nachfolger ausgewählt wurde und nicht er." „Wie ist sein Name?" „Rodney Lindberg. Hören Sie, auch wenn das so ist, ich kann mir nicht vorstellen, dass er Laura etwas angetan hat." Pike nickte. „Gut, wir müssen trotzdem in jede Richtung ermitteln."

Hailey drückte kurz auf den Klingelknopf, um sich anzukündigen, öffnete dann aber sofort die Türe und rief ein „Hallo" ins Haus. Den fremden Wagen, der vor dem Haus geparkt war, hatte sie nicht einmal bemerkt. Als sie ins Wohnzimmer kam, stutzte sie, denn eine fremde Person sass in einem der Sessel. Gegenüber sassen ihre Eltern. Der Fremde war in Uniform gekleidet, ein Polizei-beamter. Sie blieb wie gelähmt stehen. Das konnten ja nur schlechte Neuigkeiten sein. Ihr Vater eilte zu ihr und sagte noch, während er aufstand: „Wir wissen nicht, wo Laura ist." Sie atmete ein wenig auf. „I-ich dachte schon", doch weiter sprechen konnte sie nicht. Sie konnte nicht aussprechen, was sie alle befürchteten. Sie wollte nicht daran denken, dass Laura tot sein könnte.

Ihr Vater machte sie mit Pike bekannt, dann nahm sie auf dem Sofa neben ihrem Vater Platz. Pike bat Henry und Rita darum, dass er selbst Hailey auf den neusten Stand bringen konnte. Als der Name Ethan Murphy fiel, wurde sie kreidebleich, und obwohl sie tief im Sofa sass, krallte sie sich an den Armlehnen fest. Sie hatte das Gefühl, gleich ohnmächtig zu werden. „Miss Arlington, was wissen Sie darüber?", fragte Pike behutsam, während ihre Mutter ihr ein Glas Wasser reichte. Hailey brauchte einen Moment, um sich etwas zu sammeln, dann platze alles aus ihr heraus. Wie Ethan Laura abgeholt und er über sie gesprochen hatte, den Tag, als er sie zu ihrem Pferd brachte, wie Chrissy und Laura über seine anzüglichen Bemerkungen geredet und sie dies nur per Zufall mitgehört hatte, das Abendessen zu fünft und schliesslich, dass sie Ethan seit Samstag nicht erreichen könne. Sie hätte ihn zur Rede stellen wollen. Und mit Laura wollte sie auch reden, jedoch erst nach deren Geburtstag. Sie wäre überzeugt, dass da von Laura nichts aus ging. Das hätte ihr ihre Schwester niemals angetan. Pike machte sich eifrig Notizen. Schliesslich verabschiedete er sich mit dem Versprechen von Hailey und deren Eltern, dass sie sich sofort melden würden, wenn Ethan sie kontaktieren würde. Seinerseits versprach er ebenfalls, sich zu melden, falls es Neuigkeiten gäbe.

Als Sarah von ihrem Spaziergang nach Hause kam, war Rodney immer noch völlig aufgebracht. Er beschuldigte seine Frau, dass sie ihm die Polizei auf den Hals gehetzt habe. Schliesslich gab sie dies zu, baute sich vor ihm auf und schrie ihm ins Gesicht: „Was soll ich denn sonst denken? Du lässt mich an dem Firmenanlass deines Chefs stehen! Du kommst erst am anderen Morgen nach Hause, völlig durcheinander. Am Sonntagmorgen verschwindest du ebenfalls ohne Erklärung und benimmst dich seltsam. So kenne ich dich gar nicht Rod!" Sarah ging ins Badezimmer, schloss die Türe hinter sich ab und brach in Tränen aus.

Hailey kontaktierte Chrissy erneut, um ihr die Neuigkeiten mitzuteilen. Sie hörte, dass Chrissy sich unglaublich zusammen reissen musste, um nicht loszuheulen. Sie wusste, dass Laura auch für Chrissy sehr wichtig geworden war, und sie wusste ebenfalls, dass es ihr unerträglich war, dass sie nicht helfen konnte. Eigentlich wurde Chris von ihren Eltern in die Ferien eingeladen, doch solange man nicht wusste, was mit Laura war, wollte sie nicht weg. So fuhren ihre Eltern und ihre Geschwister alleine.

Als sie aufgelegt hatte, überlegte sie, ob sie ihre Eltern fragen solle, ob es in Ordnung sei, wenn sie Chrissy einladen würde. Sie könnte vielleicht auf dem Gestüt wohnen, in einem der Pensionszimmer und sich mit ihr zusammen um Lauras Pferd kümmern. Vielleicht brachte sie das beide auf andere Gedanken.

Zu ihrer eigenen Überraschung waren Rita und Henry nicht nur damit einverstanden, sondern fanden es sogar eine richtig gute Idee. Hailey wusste, dass Laura nichts dagegen hatte, wenn Chris ihr Pferd ritt. Im Gegenteil, sie wäre froh darum, wenn sie und Chris dies übernehmen würden und nicht einer der Gestütsangestellten. Als dann auch noch Peter Oldham mitteilte, dass dies kein Problem sei und sie bei ihnen wohnen könne, rief sie Chrissy noch einmal an. Diese war erleichtert und dankbar, wenigstens etwas tun zu können. Sie verabredeten, dass sie kurz packe und dann gleich losfahre. Sie hätte zwar etwa acht Stunden Zugfahrt, doch sie könne das Auto ihrer Eltern haben, die wären geflogen. Auf diese Weise hatte sie nur fünf Stunden Reisezeit.

Ethan liess die Abfalltüte auf den Boden fallen und öffnete die Tür. Die beiden Beamten hielten ihm ihre Ausweise entgegen. Ethan las die Namen Nora Langdon und Brian O'Connel. „Sind sie Ethan Murphy?", fragte Langdon. Ihre Stimme klang freundlich, doch bestimmt. Ethan, noch immer nicht ganz nüchtern, riss sich zusammen und nickte ihnen erstmals zum Gruss zu. „Ja, der bin ich. Wie kann ich ihnen helfen?" „Sie könnten uns hereinlassen, damit wir nicht alles hier im Hausflur besprechen müssen." Ethan tritt mit einem beklemmenden Gefühl beiseite und schloss hinter den beiden die Tür. Er wies sie an, in der Küche Platz zu nehmen. Sein Sofa war immer noch nass von vorhin, als er es putzen musste. Er bot ihnen Wasser, Saft oder Kaffee an, doch beide lehnten ab. Wieder nahm Langdon das Wort „Mr. Murphy, sie kennen Laura Arlington?" „Ja natürlich, sie ist die Schwester meiner Partnerin Hailey Arlington. Warum fragen sie mich das?" O'Connel sah seine Kollegin an, sie wusste, was er dachte und fuhr fort: „Sie wissen nicht, was passiert ist?" „Nein, was ist hier los?" Jetzt nahm O'Connel das Wort. „Mr. Murphy, wir haben Lauras Handy gefunden. Sie wird seit über einem Tag vermisst, wie sie sehr wohl wissen." „Wie ich sehr wohl weiss?" „Ja, wir müssen sie bitten, uns zu begleiten. Sie werden dringend der Tat verdächtigt, in direkter Verbindung mit dem Verschwinden von Laura Arlington in Zusammenhang zu stehen." Ethan dämmerte langsam, dass sie alle seine Nachrichten an Laura gelesen haben mussten und deswegen bei ihm waren. Und sie wurde vermisst. Warum wusste er davon nichts? Warum hatte Hailey ihn nicht informiert? Er starrte auf seine Hand. Hatte er Laura etwas angetan?

Ethan wurde erst mal in Gewahrsam genommen. Sie durften ihn nicht befragen, solange seine Blutwerte noch so viel Alkohol aufwies. Doch mittlerweile wurde der Durchsuchungsbefehl ausgestellt, somit durften sie seine Wohnung und sein Wagen in Augenschein nehmen. Im Auto fanden sie Spuren von Laura und in der

Wohnung seine Kleidung, welche Blutflecken zeigte und die er ganz offensichtlich hatte entsorgen wollen. „Warum hat er sie nicht einfach gewaschen?", fragte Nora ihren Kollegen Brian, als sie den Sack öffnete.

Am selben Abend traf Chrissy auf dem Gestüt der Oldhams ein, wo sich alle versammelten. Hailey umarmte Chrissy zur Begrüssung. „Danke, dass du gekommen bist, Chris. Hattest du eine anstrengende Fahrt?" „Nein, es waren kaum Menschen unterwegs. Und ich bin froh, wenn ich wenigstens etwas für euch und für Laura tun kann." Sie sah die Eltern von Laura an, diese lächelten ihr schwach, aber dankbar entgegen. Sie hatten die Freundin ihrer Tochter von Anfang an ins Herz geschlossen. Nathalie Oldham, Peters Tochter, führte Chrissy in ihr Zimmer und zeigte ihr kurz das Haus. Danach trafen sich alle im Wohnzimmer wieder.

Hailey informierte alle über die laufenden Ermittlungen und bittet abermals alle Anwesenden darum, sich zu melden, sollte ihnen noch etwas einfallen. Selbst wenn es noch so unbedeutend erscheine. Dann gingen Rita und Henry nach Hause.

Chrissy fragte etwas zurückhaltend, ob sie den Hengst noch begrüssen dürfe oder ob der Stall bereits Nachtruhe habe. Peter antwortete ihr, dass er immer, kurz bevor er zu Bett ging, noch einmal durch jeden Stalltrakt lief. Er wollte sicher sein, dass es allen Pferden gut ging. Also begleitete Hailey Chrissy zu den Pferden in den Stall. „Schau, der untere Schalter ist das sogenannte Nachtlicht. Es ist gedämpft und sollte die Pferde nicht stören." Die beiden streichelten Escape und Black Arrow eine Weile lang schweigend, dann drehte sich Chrissy um und blickte Hailey an. „Danke", sagte sie. Hailey nickte nur, legte ihr den Arm um die Schultern und sie gingen gemeinsam zum Wohnhaus zurück. Dort verabschiedeten sie sich und Hailey fuhr nach Hause. In ihrer Wohnung angekommen zog sie ihren Pyjama an und machte sich daran, weiter zu schreiben.

Besuch von Chrissy

Am Sonntagmorgen gingen Laura und ich sehr früh in den Stall. Sie kam ausnahmsweise einmal mit dem öffentlichen Verkehrsmittel, da Mom und Dad ja immer noch im Spital waren. Und ein eigenes Auto hat sie keines. Ich war früh draussen, habe beide Pferde geputzt und gesattelt. So hatten wir mehr Zeit für unseren Ausritt. Der Bewegungsdrang der beiden ist im Winter gross. Es war ein anstrengender, aber toller Ritt.

Laura hat mir auch erzählt, dass sie den Hengst weiterhin im Oldham'schen Gestüt stehen lassen will, zumindest, bis sie mit dem Studium fertig sei. Er wird von Susan, der Bereiterin der Sportpferde, weiter gefordert und gefördert. An den Prüfungen wird Laura ihn, so weit sie es kann, selbst reiten. Sie hat aber auch mich gefragt, ob ich die schwierigen Prüfungen mit ihm bestreiten würde. Falls das dann noch notwendig ist, mache ich das gerne. Doch denke ich, dass sie mich bald eingeholt hat, was die Reiterei betrifft.

Später holten wir dann Chrissy ab, das ist Lauras neue Mitbewohnerin. In ihr hat sie sofort eine gute Freundin gefunden. Ich verstehe sie, Chrissy ist eine sehr weltoffene Persönlichkeit. Es kam mir so vor, als wäre sie schon ewig eine Freundin Lauras und sie sei bei uns „zu Hause".

Am späteren Nachmittag rief dann Mom aus dem Spital an, sie würden nach Hause fahren. Für mich war dies das Stichwort und ich verabschiedete mich von den beiden. Wir haben verabredet, dass wir uns am Montag im Stall treffen würden.

Wir sattelten unsere Pferde und ritten sie in der Halle warm. Ich dachte, Chrissy könnte Escape reiten. Laura zu folge, reitet sie mindestens so gut wie sie selbst. Ich habe ausnahmsweise eines der gutmütigen Schul-pferde ausgeliehen. Rasti ist ein älterer, gemütlicher Oldenburger Wallach. Ich habe ihn gewählt für den Fall aller Fälle, dass ich dann doch mit ihr tauschen muss draussen. Doch sie kam bestens mit ihm zurecht. Als wir wieder zurück waren, gingen wir auf den Abreitplatz und da hat Laura Chris ihren Hengst gegeben und Madame liess sich dazu nieder, das Schulpferd Rasti zu reiten. Chris hingegen war von unseren beiden Pferden begeistert.

Am Abend gingen wir dann zum Dinner ins 'Earl Grey'. Chrissy hat mir erzählt, wie und wo sie reiten gelernt und welche Turniererfahrungen sie hat. Dasselbe wollte sich auch von mir wissen. Über Laura wussten wir natürlich beide Bescheid. Ich habe Chrissy gefragt, ob sie am Dienstag und am Mittwoch Escape bewegen möchte. Sie hat sich, wie erwartet, tierisch darüber gefreut. Und ich hatte so zwei Tage Zeit, um mich voll und ganz um meine liegen gebliebenen Arbeiten zu kümmern.

Nach dem Dinner gingen wir noch in die Bar, welche angebaut ist und zum Hause gehört. Als ich von der Toilette zurück kam, sprachen die beiden über Ethan und mich. Da dort hohe Marmorsäulen stehen, haben sie nicht bemerkt, dass ich zurück kam. Und als ich den Namen Ethan gehört habe, blieb ich stehen. Chrissy hat Laura dazu geraten, mir von Ethan zu erzählen. Ich kann mir immer noch nicht ganz vorstellen, dass sie etwas mit ihm angefangen hat. Aber vielleicht täusche ich mich in meiner kleinen Schwester. Ich wusste nicht mehr, was ich denken soll. Deswegen beschloss ich, die Sache im Moment ruhen zu lassen. Es waren ja nur noch wenige Tage bis zu Lauras

Geburtstag. Danach wollte ich das Gespräch mit ihr suchen. Also verabschiedete ich mich sehr bald von den beiden und dankte Chris noch einmal fürs Versorgen meines Pferdes.

Am Freitagmorgen beschloss ich dann, Laura zu überraschen. Da Nina immer noch zu Hause war und ihre Tochter pflegte, hat Laura mir versichert, dass es in Ordnung sei, wenn ich an ihrem Geburtstag nicht vorbei kommen würde. Wir wollten ihn nachfeiern in der Woche darauf.

Hiobsbotschaft
Montag, 23.12.2019

Hailey wusste nicht, wie lange sie geschrieben hatte. Es musste wohl die ganze Nacht gewesen sein, denn die Morgendämmerung brach an.

Plötzlich klingelte es an ihrer Haustüre. So stürmisch, als ob es brennen würde. Sie stand auf, lief zur Tür, guckte durch den Spion und schloss dann die Türe auf. Danielle stand davor. Ihre Augen waren tränennass und ihr stand der Schreck ins Gesicht geschrieben. Hailey zog sie hinter sich ins Wohnzimmer und fragte Danielle, was denn los sei. Danielle nicht im Stande, deutlich zu sprechen, wisperte: „Hailey, wa- warum i-in a- aller Welt gehst du nicht a dein Te- Telefon? De- deine Mom u- und ich haben di- dich sicher hundertmal zu e- erreichen ver- s- sucht!" Hailey, mittlerweile überzeugt davon, dass etwas ganz Schreckliches passiert sein musste, liess sich aufs Sofa fallen und starrte Danielle an. Danielle setzte sich zu ihr hin und fasste sie bei den Händen. „Hailey, man hat heute Nacht deine Schwester gefunden. Laura, sie ist to-tot. Sie wurde e- ermor-det." Fassungslos versuchte Hailey, die Information, welche Danielle ihr mitgeteilt hat, zu verstehen. „Wa-was? W-wie? W-wo? W-warum?", stotterte sie Danielle an. „Bist du si-sicher, dass es La-Laura ist?". Danielle nahm Hailey in die Arme und flüsterte nun in beruhigendem Ton auf sie ein. „Deine Eltern haben sie identifiziert, es besteht keinen Zweifel. Es tut mir so leid, Süsse. Komm, ich bringe dich zu deinen Eltern!" Während Hailey sich mechanisch die Schuhe und den Mantel anzog, schrieb Danielle Haileys Mutter, dass sie Hailey zu ihnen bringen würde und sie jetzt losfahren.

Auf der Fahrt, welche ungefähr zwei Stunden dauerte, von Haileys zu Hause bis zum Haus ihren Eltern, versuchte sie wieder einmal mehr ihr Chaos in ihrem Kopf zu sortieren. Danielle, die spürte, dass Hailey nicht reden wollte, schwieg. Die Fahrt war schwierig, der Schnee war noch nicht überall vollständig weggeräumt und es wurde langsam eisig. Doch Danielle war eine gute Fahrerin und ihr Auto war mit allem Pipapo ausgestattet. So bog sie schliesslich in die Einfahrt des Arlington-Hauses ein und hielt hinter einem Polizeiwagen. Sie half Hailey aus dem Auto und trat zur Haustür hinein, welche unverschlossen war. Sie gingen zur

Bibliothek von Haileys Vater, aus welcher Stimmen und Schluchzen zu hören waren. Danielle klopfte und steckte dann den Kopf hinein. „Wir sind da", sagte sie zu Haileys Mutter, ihrem Vater und den beiden Detektiven des Morddezernats. Sie gab Hailey einen leichten Stoss in die Seite und schubste sie hinein. „Ich mache euch Kaffee und Sandwiches", sagte sie leise, bevor sie sich auf den Weg in die Küche machte. „Danke Danielle", murmelte einer der beiden Detektive. Unsicher und mit verweinten Augen trat Hailey zu den Detektivs O'Connel und Nash, begrüsste sie und stellte sich vor. Die beiden Detektivs sprachen ihr Beileid aus. Dann ging sie zu ihrer Mutter, ihrem Vater und drückte beide an sich. Sie war nicht im Stande, etwas zu ihnen zu sagen. Es war, als ob die beiden ihr einziges Kind verloren hätten und sie eine einfache Bekannte war. „Ich wollte morgen mit ihr ihren Geburtstag nachfeiern", entfuhr es Hailey und wieder füllten sich ihre Augen mit Tränen. Danielle klopfte, trat leise ein mit einem Tablett mit fünf vollen Tassen dampfenden Kaffees. Sie drückte jedem eine Tasse in die Finger, stellte Sahne und Zucker auf den Tisch und verschwand wieder in der Küche. Die Detektive stellten noch einige Fragen, an die sich Hailey im Nachhinein gar nicht mehr erinnern konnte. Danielle erschien ein zweites Mal mit einem Tablett voller kleiner Sandwiches und Servietten. Sie zwang die Arlingtons mindestens eines davon zu essen und bot auch den Herren O'Connel und Nash welche an. Dankend nahmen sie die Sandwiches entgegen, denn auch sie beide hatten seit dem Fund von Lauras Leiche nichts mehr in den Magen bekommen.

Hailey rief Danielle zu sich und meinte zu den Detektiven und zu ihren Eltern, sie möchte, dass diese dabei sei. Sie würde ihr danach doch alles erzählen wollen und wisse nicht, ob sie es über sich bräche. Ihre Eltern nickten nur stumm, auch die Herren O'Connel und Nash waren nicht dagegen. Danielle wurde bereits zu Lauras Verschwinden und Tod befragt.

Danielle setzte sich in den Sessel neben dem von Hailey und sah ihre Freundin an. Hailey räusperte sich und zwang sich, die Frage aller Fragen zu stellen: „W-wie wu- wurde sie er-ermordet? Ha-hat sie le- leiden mü- müssen?" Bei dieser Frage schrie Haileys Mutter auf und drängte sich an ihren Mann. Diesem stand der Schreck ins Gesicht geschrieben. Hailey beobachtete ihre Eltern ganz genau. Detektiv Nash übernahm das Wort und fragte erst die Eltern, ob sie das wirklich noch einmal hören wollten. Sie dürften ansonsten auch gerne draussen warten. Beide wollten aber dabei sein. Ihr Vater sprach an Detektiv Nash gewandt: „Hailey ist Ärztin, sie wird genau verstehen, von was sie reden." Nash nickte und dann fing er sich an Hailey richtend an zu sprechen: „Miss Arlington. Es tut uns sehr leid, ihnen sagen zu müssen, dass ihre Schwester Laura einen sehr qualvollen Tod sterben musste." Tränen rannen Hailey übers Gesicht. Sie schluchzte. Dennoch liess sie den Blick nicht von ihren Eltern ab. Sie sah, wie die beiden litten, viel mehr noch als sie selbst. Auch Danielle konnte ihre Tränen nicht ganz zurückhalten, hatte sie Laura durch Hailey ebenfalls sehr gut gekannt. Zudem wollte Laura Staatsanwältin werden, wie Danielle. Nash gab ihnen ein paar Minuten, bevor er weitersprach. „Sie wurde scheinbar so fest gefesselt an den Handgelenken und an den Beinen, dass sie keine Chance hatte, sich zu wehren. Man hat ihr an den Armen und Beinen tiefe Schnittwunden zugefügt und langsam ausbluten lassen. Wir gehen anhand der

Indizien davon aus, dass sie ihren Mörder gekannt haben muss." „Ethan", sagte Hailey mit rauer Stimme. O'Connel nickte. Rita und Henry lagen sich schluchzend in den Armen. Hailey wurde schwarz vor Augen und ihre Knie versagten, als sie aufstehen wollte. Sie sank zurück in ihren Sessel. Danielle brachte ihr ein Glas Wasser und ein gekühltes Tuch, welches sie ihrer Freundin reichte. Als sie sich wieder einigermassen gefangen hatte, sah sie die beiden Detektivs an und fragte leise: „Darf ich nach Hause gehen?" Die beiden nickten. Sie ging wortlos zu ihren Eltern, drückte beiden liebevoll die Arme und sah sie sich ganz genau an. Die beiden nickten nur, somit drehte sich Hailey um und ging wortlos aus der Bibliothek. Danielle verabschiedete sich und folgte ihr. „Soll ich dich nach Hause fahren?". „Ja bitte", sagte Hailey nur. Die beiden Frauen traten hinaus, es hatte wieder zu schneien begonnen. Die Heimfahrt war noch mühsamer als die Hinfahrt. Hailey, überfordert mit all den neuen Informationen und mit ihrer Traurigkeit, fiel schliesslich in einen unruhigen Schlaf. Sie redete ab und zu, Danielle hörte Worte wie: „Tut...mir...leid Laura" und „wollte....nicht..." hinaus. Sie dachte sich, dass Hailey einen Albtraum plagte und als diese zu unruhig wurde, weckte sie ihre Freundin schliesslich auf. „Wa-was ist?", fragte Hailey sie. „Du hattest einen Albtraum." Dann kam Hailey alles wieder in den Sinn. Wie Sie vom Tod ihrer Schwester erfuhr, die Fahrt zu ihren Eltern und am schlimmsten, dass Laura so qualvoll gestorben war. Für den Rest der Fahrt redeten sie kein Wort mehr.

Schliesslich parkte Danielle ihr Auto ganz in der Nähe von Haileys Wohnung. Sie brachte sie bis zur Haustür und fragte, ob sie bei ihr bleiben solle. Hailey jedoch verneinte. Sie wolle sich gleich hinlegen. Danielle küsste ihre Freundin auf die Wange und sagte okay, aber morgen möchte ich nach dir sehen. Oder dich zumindest anrufen." Hailey antwortete: „Danke für alles Dani, ich melde mich bei dir, sobald ich wach bin." Sie küsste Danielle ebenfalls auf die Wange und trat zur Wohnungstür ein.

Hailey ging unter die Dusche, zog sich ein frisches Pyjama an und legte sich ins Bett. Den Wecker stellte sie auf fünf Uhr. Sie fiel sofort in einen tiefen, traumlosen Schlaf. Dies verdankte sie der leichten Schlaftablette, welche sie einnahm. Punkt fünf Uhr klingelte der Wecker, gleich war alles wieder da. Die ganzen Erinnerungen, die Trauer. Trotzdem, sie musste an ihrer Geschichte weiterarbeiten. So schnell wie möglich wollte sie fertig werden, daran hielt sie fest. Also zog sie sich einen Homewear-Anzug an, holte sich eine Tasse Kaffee, setzte sich damit wieder an den Sekretär und begann wieder zu schreiben.

Gleich nach dem Frühstück wurde Ethan Murphy von zwei der Gefängniswärter abgeholt und in ein Vernehmungszimmer geführt. Dort erwarteten ihn O'Connel und Nash. „Mr. Murphy. Wir haben hier sämtliche Ausdrucke von ihren Nachrichten an Laura Arlington. Erzählen Sie uns endlich die Wahrheit. Was haben sie am Freitag gemacht. Wie haben sie Laura von ihrem Elternhaus weggelockt?" O'Connel war um einen sachlichen Tonfall bemüht. „Ich habe sie nicht weggelockt. Ja, ich war dort, ich habe Laura zum Geburtstag gratulieren wollen. Sie hat mich wieder weggeschickt und ich bin gegangen. Und ja, ich gebe zu, sie ist eine tolle Frau geworden und ich hätte gerne die Schwester gewechselt. Zufrieden?" O'Connel und Nash blickten sich an. Die beiden Kollegen konnten sich auch wortlos verständigen. Nun ergriff Nash das Wort, er hatte eine gewaltige Donnerstimme. „Sie hat sie weggeschickt? Und sie wollten das nicht akzeptieren. Sie haben ihr irgendein Märchen aufgetischt, es wäre etwas Schlimmes passiert mit Hailey oder Rita und Henry. Ansonsten wäre sie niemals zu ihnen in den Wagen gestiegen. Ist es nicht so, Mr. Murphy?" Ethan schüttelte den Kopf. „Dann fuhren sie mit ihr an diesen abgelegen Ort und haben sie auf brutale Art und Weise getötet!" Nash schrie Ethan an und knallte ein Tatortfoto vor ihm auf den Tisch. Es war gross ausgedruckt, farbig und zeigte Lauras Leiche. Wie sie an ein paar Querbalken aufgehängt wurde, an Armen und Beinen befestigt. Blutüberströmt, tot. Ethan starrte auf das Foto, dann brach er zusammen. Nash und O'Connel waren gezwungen, ihn erstmals ärztlich betreuen zu lassen, bevor sie ihn weiter vernehmen konnten.

Der Brief

Hailey verschloss den Brief und schrieb „für Danielle" darauf. Auf der Rückseite unterschrieb sie mit ihrem Namen und versiegelte ihn. Dann steckte sie das ganze Gebilde in ein Paket, schrieb Danielles Adresse wie auch ihre Absenderadresse darauf. Einige Tage zuvor hatte sie einen privaten Kurierdienst angeheuert, damit er an einem Feiertag ein ungeheuer wichtiges Paket zustellte. Es wäre eine Weihnachtsüberraschung an ihre beste Freundin, hatte sie dem Kurier erzählt und ihm ein gutes Angebot gemacht. Er sollte am 25.12. um Punkt neun Uhr bei ihr zu Hause den Brief abholen und dann der Empfängerin überbringen. Damit er auch wirklich da stand, hatte sie ihm bereits ein paar Euros in die Hand gedrückt und gesagt, dass er den Rest vor Auftragsausführung erhalten werde. Hailey wusste, dass Danielle zu Hause war. Dani hatte sie eingeladen, diesen Tag mit ihnen zu verbringen.

Um Viertel vor zehn Uhr klingelte es an der Haustüre. „Kannst du mal aufmachen, bitte Ron? Das kann unmöglich schon

Hailey sein. Sie wollte erst zu Escape und dann erst um 12 Uhr hier auftauchen." Ron öffnete die Haustüre. „Guten Tag", sagte er zum Kurier und betrachtete ihn mit hochgezogener Augenbraue. „Guten Tag. Ich habe hier eine Sondersendung für Frau Danielle Westcourt. Ist sie hier? Ich darf es ihr nur persönlich abgeben." „Dani, dein Typ wird verlangt. Du bekommst wohl ein Weihnachtsgeschenk." Danielle eilte zur Tür und nahm das Paket entgegen. Sie wunderte sich, als sie die Absenderadresse las, und gleichzeitig überkam sie ein ungutes Gefühl. Noch während sie ins Wohnzimmer gingen, riss sie das Paketpapier auf und hielt ein Kuvert in der Hand. Es gehörte zu einem bestimmten Schreibpapier. Schlicht und schön. „Versiegelt", murmelte sie vor sich hin. „Komisch." Sie wusste, dass Hailey nur sehr wichtige Unterlagen versiegelte, und ihr ungutes Gefühl verwandelte sich in Angst. Ron merkte sofort, dass mit seiner Frau etwas nicht stimmte, und legte den Arm um sie. „Soll ich bei dir bleiben, während du das liest, oder möchtest du alleine sein?" „Bleib bitte." Sie setzten sich aufs Sofa und sie brach zitternd Haileys Siegel auf, nahm den gefalteten Brief heraus und begann zu lesen.

Meine liebe Danielle

Schon seit gut dreissig Jahren warst du mir eine gute Freundin. Ich wünschte, ich wäre dies auch für dich gewesen. Obwohl ich einiges erreicht habe, war mein Leben für mich schon immer eine Qual. Du weisst, meine Eltern waren niemals stolz auf mich. Niemals konnte ich ihnen etwas recht machen. Jetzt, mit dem Tod von Laura habe auch ich keinen Grund mehr zu leben. In meiner Wohnung wirst du zu diesem Zeitpunkt, in der du diese paar Zeilen liest, nur noch meine Leiche finden. Dieses Päckchen hier ist einen Brief dazu, indem ich alles aufgeschrieben habe. Auch mein Testament liegt bei.

Ich wünsche dir von Herzen alles Gute.

Hailey

Wie von der Tarantel gestochen sprang Danielle auf, streckte Ron den Brief hin und rief: „Zu Haileys Wohnung. Sofort!" Sie schnappte sich die Autoschlüssel, rief Nash an und sagte ihm, er solle ein Krankenwagen zu Haileys Wohnung schicken und selber hinkommen. Ron rannte ihr hinterher und nahm noch rasch ihre beiden Mäntel vom Haken. Danielle fuhr wie eine Irre zu Haileys Wohnung. Da sie nicht weit hatten, waren sie und Ron die Ersten. Sie besass einen Schlüssel zu Haileys Wohnung, schloss auf, rief nach Hailey und rannte hinauf in ihr Schlafzimmer.

Bevor der Kurier kam, hatte Hailey den Tagebuchbrief, wie sie ihn bei sich nannte, fertig geschrieben und ebenfalls versiegelt. Dann wurde er von ihr in einen grossen, gepolsterten Umschlag gesteckt mit allen anderen wichtigen Dokumenten. Diesen dicken Umschlag legte sie im Paket unten hin. Oben drauf der kurze Brief an Danielle.

Nachdem sie den Mann vom Kurierdienst verabschiedet hatte, ging sie wieder
hinauf in ihr Schlafzimmer. Dann nahm
sie ein Spray, welches für lokale
Betäubungen gedacht war und besprühte
sich damit beide Unterarme. Sie wartete
einen kleinen Moment, bis sie nichts mehr
spürte und griff dann nach dem Skalpell,
welches sie von der Arbeit mit nach Hause
gebracht hatte. Langsam schnitt sie sich
damit beide Unterarme auf. Das Blut
spritze ihr ins Gesicht. Sie legte sich auf
ihr Bett und schloss die Augen. Ihre
letzten Worte, die sie laut aussprach, hörte
nur sie selbst: „Es tut mir so leid."

Danielle stiess einen spitzen Schrei aus.
Hailey war tot. Sie war bereits ausgeblutet.
Ron zwang seine Frau, mit ihm nach unten
zu gehen und dort auf die Beamten und
die Sanitäter zu warten. Sie sollte ihre
Freundin nicht länger so sehen.

Die Sanitäter und Nash trafen gleichzeitig bei Haileys Wohnung ein. Nachdem
der Tod Haileys vom Notfallarzt bestätigt
wurde, übergab Ron Nash den Brief von
Hailey an Danielle und brachte seine Frau
dann nach Hause.

Er brühte eine grosse Kanne Tee auf und setzte sich dann zu Dani aufs Sofa. „Du solltest es auspacken", sagte er zu ihr und deutete auf das Paket von Hailey. Darin befand sich ein dicker, gepolsterter Umschlag. Sie schüttelte den Kopf und sagte: „Ich kann nicht." Ron zog seine Frau liebevoll an sich und entgegnete: „Ich weiss, dass du Fragen hast. Vielleicht findest du die Antwort darin."

Schliesslich öffnete sie den Umschlag, fand Haileys Testament und einen langen, von Hand geschriebenen Brief. Den faltete sie auf und begann von vorne zu lesen. Immer wieder kullerte ihr Tränen die Wangen hinunter. Doch das letzte Kapitel von Haileys Brief versetzte Danielle in einen Schockzustand.

Geständnis
Dienstag, 24.12.2019

Am Freitag, dem Geburtstag von Laura, war ich nicht wie vorgesehen in meiner Praxis. Ich besorgte mir Antipasti, guten Rotwein und machte spontan einen Ausflug zu Laura. Ich wollte sie überraschen. Diese Überraschung gelang mir auch, sie freute sich irrsinnig, dass ich doch mit ihr den Geburtstag feiern wollte.

Ich lud sie ein, mich zu unserem abgelegenen, schönen, mystischen Ort zu begleiten. Diesen Platz im Wald habe ich früher einmal entdeckt und er war nur für mich und meine kleine Schwester bestimmt. Nicht einmal Danielle weiss davon. Nachdem wir gegessen und reichlich auf ihren Geburtstag getrunken hatten, überwältigte ich meine Schwester und fesselte sie. Sie war so überrascht von dieser Handlung meinerseits, dass sie sich erst gar nicht zur

Wehr gesetzt hat. Danach war es bereits zu spät. Denn ich bin die Stärkere von uns beiden. Ich fesselte sie an beiden Handgelenken und an beiden Knöcheln. Danach zog ich sie etwas hoch, um sie an den Handgelenken an den oberen Querbalken der alten Hütte zu fixieren. Dasselbe mit ihren Knöcheln an den unteren Querbalken. Sie flehte mich an, dass wir über alles reden könnten. Ich sagte ihr, dass es nicht um sie ginge. Sie glaubte mir nicht. Als ich mein Skalpell heraus holte, wurde sie schier wahnsinnig vor Angst. Sie konnte sich nicht bewegen. Nur schreien. Ich schnitt ihr den Ellen entlang und verletzte ihre grossen Rosenadern, damit sie ausblutete. Das Adrenalin in ihr liess sie nicht ohnmächtig werden wie sonst. Es war ein qualvoller Tod für meine kleine Schwester. Dem Liebling meiner Eltern, dem Liebling aller!

Mom, Dad: Nun habe ich mich wirklich in einen schlechten Menschen verwandelt. Und zwar in das Monster, das ihr mir immer das Gefühl gegeben habt zu sein.

Epilog

Rodney Lindberg war ein Spieler. Als er die Teilhaberschaft und Nachfolge von Jackson nicht bekam, stürzte er sich in illegale Pokerspiele und war daher unauffindbar. Und ohne Alibi. Dies alles gestand er später seiner Frau Sarah, die ihm half, wieder auf den richtigen Weg zu kommen.

Ethan Murphy wurde durch das Geständnis von Hailey vollständig entlastet. Ebenso fand man mehrere Zeugen, welche bestätigten, dass er sich an Lauras Geburtstag mit einem anderen Barbesucher geprügelt hatte. Die Wunde an seiner Hand stammte von einer zerbrochenen Flasche und das Blut an seinen Kleidern waren einerseits sein eigenes und jenes von seinem Kampfgegner.

Rita und Henry Arlington brachen zusammen, als sie erfuhren, dass ihre ältere Tochter Hailey ihre jüngere Tochter Laura ermordet hatte. Die Selbstvorwürfe nagten an ihnen und richteten sie fast zugrunde. Nur mit professioneller Hilfe waren sie im Stande, später ihr Leben wieder selber in den Griff zu kriegen. Doch die Trauer blieb.

Hailey brachte es trotz der ganzen Verbitterung nicht über sich, ihre Schwester zu quälen. Deswegen verabreichte sie ihr während des Essens eine Droge, welche später nicht nachweisbar war. Laura hatte es nicht kommen sehen, sie hatte keine Angst und hatte geschlafen, als sie starb. Dieses Geheimnis aber nahm Hailey mit sich ins Grab. Sie wollte, dass ihre Eltern für den Rest ihres Lebens leiden würden.

Nachfolgendes Buch:

Die goldene Rose